我是自行车手。

我是丈夫、父亲、儿子和员工。

还是房产所有者。

以及一堆其他身份。

我想逃。

我不喜欢人类，
我想住进森林

挪威
阿澜·卢
著
宁蒙 译

Erlend Loe

DOPPLER

四川文艺出版社

森林可爱黑暗且深。
但我必须信守承诺。
睡前还有长路要走。
睡前还有长路要走。

——罗伯特·弗罗斯特

目录

十一月

我的父亲死了。

昨天我手刃了一头驼鹿。

我能说什么呢?

不是它就是我。我饿坏了。其实我都开始瘦了。前一夜我在山下的玛丽谷，从一处院子里取稻草。我用我的刀割开稻草垛，装满背包，然后睡了一会儿。天蒙蒙亮的时候我起身来到营地东侧的洼地里，在一个预先选好的地方铺下稻草作饵，早就认定那是绝佳的藏身之处。之后我趴在洼地边缘守了几个小时。我知道这里有驼鹿出没。我见过它们。它们甚至一直走到帐篷边。它们在山坡上游荡，多多少少跟随着自己理性的直觉。总是在路上——这些驼鹿。它们似乎相信别处会更好。它们或许是对的。最后总算来了一头，身后跟着小鹿。小鹿也在，让我有些意外。预想的情况中没有它。但是它在。风向绝佳。我用嘴叼着刀子，不是小刀，是大的，一把大刀，等待着。驼鹿慢悠悠朝我踱来。时不时在乱石堆和洼地里的小桦树上啃上两口。最后它站到那儿。就在我脚下。真他妈大。驼鹿都很大。总是容易忘记它们有多大。于是我跳到它背上。我当然已经在脑子里把过程演练了十几遍。我预料到它不喜欢这样，它要逃跑。确实如此。但还没等它加速，我已经把刀子插进了它的脑袋。就这么一下子，刀子穿过驼鹿脑壳扎进脑仁，就这么插在那儿像一顶奇怪的小帽子。我跳下来爬上一块大石头，看着那头驼鹿回顾自己的一生：所有饮食无忧的美好时光、阳光充足的慵懒夏日、秋后与公鹿之间的短暂爱情，以及之后的寂寞；生儿育女传宗接代的喜悦，但还有早年冬季的疲惫，以及烦躁——据我所知这是最不安的因素，得以逃离这些因素或许对它来说是种解脱。这一切都发生在它倒下前短暂的几秒钟内。

我站在那儿看了它一会儿，还有那头没有逃跑的小鹿，它就站在已死去的母亲跟前，并不完全明白究竟发生了什么。我感到一阵不快且陌生的兴奋。虽然我已经在这儿露宿多时，但这还是我第一次杀戮，这下我可杀了头大动物，挪威最大的动物，大概吧。兴奋与我的良知斗争着，我用一种残酷的方式利用了大自然，很可能索取的比我能够归还的多，反正短期内是这样，这让我很不喜欢。事物之间本应是平衡的。但饥饿就是饥饿，我宁可以后再报答。我这么想着，从石头上跳下来，赶走幼鹿，之后才从驼鹿的脑颅上抽出刀子，把死去的驼鹿开膛破肚。一大堆内脏滚了出来，我切下一块肚腩生吃了。当时当场。印第安人做派。之后我尽可能多地切了一些趁手的小块儿，运到帐篷，从那儿拿来斧子，把剩下的驼鹿给劈了。天黑前我把整头动物都运到了营地。我用篝火煎了大块的肉，几星期以来头一回吃了顿饱的。剩下的肉我都挂到前几天造好的原始熏炉里熏着。然后我就睡了。

今天醒来的时候，听见小鹿在帐篷外。我还能听见它在。不敢起床。我没法正视它的眼睛。

我也不能就这么躺着。我需要牛奶。脱脂牛奶。没有牛奶我运转不良。我会变得烦躁易怒。我很清楚自己必须下山混迹人群才能搞到牛奶。我只好不得已而为之，牛奶非要不可。于是我像个正常人那样下山来到宇乐沃球场[1]。以前不说每天吧，也算是经常去，但自从我——好吧，怎么说呢，自从我搬到森林里来以后，事实就是这样，我就是这么做了，我住在森林里——我去那儿的次数越来越少。原因之一是我没钱，之二是我不想和人打交道。他们特让我反感。越来越这样。但牛奶我非要不可。我父亲也喝牛奶。但现在他死了。

我能不断听见小鹿在帐篷外的声音。它用一种活跃吵闹的方式报复我。它想把我逼疯。我却钻进睡袋更深处，并系紧袋口，我和身外世界之间形成了一个空洞。我出不去，世界也进不来，我像婴儿般悄无声息若无其事地躺了一阵。但小鹿并不罢休。它就一直站着，站着。于是我就得撒尿了。老天，那不过是头幼鹿，我自言自语。为什么我，一个成年男人，要为杀死一头驼鹿而良心不安？这是物竞天择。这头小鹿必须学会这个，它应该感到高兴，教给它的是我，多普勒。如果是另一个更不择手段的家伙，可能连它一起都捎带了。

我出去撒尿。总是去同一个地方。在帐篷后面的平石板上。通常我能从那儿眺望整座城市和峡湾，但现在不行，因

1. 宇乐沃球场，挪威国家足球场，挪威国家队和奥斯陆瓦勒伦加队的主场。

为有雾。完全忽视小鹿的存在。我就是简简单单地当它不在那儿。我撒尿时它紧张地跟着。我试图背对它，但它肯定瞥到了一眼，并且还没看够。它挪了几步，换了个角度观察。我转开，但小鹿跟着转。就好像它要确认自己没看走眼。跟所有那些人一样。这就是我人生的传奇。好吧，见鬼去，我说着话转向它，裤子挂到膝盖，手举在空中。看呀，我说，现在好了？看够了吗？满意了？

但那个无礼的小畜生并不满意。它瞪我。对于来自驼鹿的侮辱，我的容忍度是有限的。斧子插在一棵树上，伸手就能够到，我抄起它用足力气朝小鹿挥去。它往边上一躲，然后跑进树丛。

生活教会我欲盖弥彰的道理，所以还不如趁早交代：我有一根大棒。

我能说什么呢？

我有一柄——不说巨形吧——也算得上出众的生殖器。

简而言之，一根大屌。

我一直随身携带。它很大。找不到更贴切的形容词。又长又重。还粗。总的来说就是大。

学校里他们叫我大屌多普勒。

好在已是多年前。我已经很长时间不再受此困扰。但这曾是我的隐痛。我本来有很多其他特点希望别人关注。

大屌多普勒。

其实再次想起这些让我非常恼火。我已经不想它很久了。该死的驼鹿。它要是再回来，看我不砍掉它的脑袋。

昨天我没喝到牛奶。我花了一整天追踪那头该死的小鹿。我把它唬进森林之后不久它又跑了回来。让我恼火的是它在帐篷外站了几个小时。它跟山下松恩湖高中的学生没什么两样——那个看上去可以抚平一切创伤的地方。我年复一年骑车经过那里。现在要是我乐意并且没有雾的话，拿个望远镜就能看见。学生们总是站在角落里，用一种尴尬不安的方式流连着，一口接一口地抽烟直到上课铃响。要是小鹿能搞到烟，它一定二话不说就抽上了。它独自留在世上，开始渐渐意识到世界是残酷的，它看不到任何未来和活着的意义。它把挫折感发泄到我身上当然是不成熟的，但还能指望什么呢？不管怎么说它还只是个孩子。

过不多久我的耐性就空槽了，管它是不是孩子。我非常冷静地穿上夹克衫，手举斧子冲了出去，但是小畜生又逃跑了。我在山冈上转着圈追了它好几个小时。我们从智慧岭下山到松恩湖，甚至都快爬上宇乐沃牧场[1]。GPS显示我们以超过十二公里的时速跨越将近五英里。披荆斩棘翻山越岭。回到帐篷之前天就已经黑了，我也筋疲力尽。小鹿不久后再次现身的时候我已经黔驴技穷了。我投降。当晚我们一起睡在帐篷里。小鹿提供了惊人的热量。我大半夜都用它当枕头，早上醒来的时候，我们俩躺在那儿，以我从未在人类那儿体验过的亲密注视着对方。我觉得我在我老婆那儿都没体验到。哪怕在关系伊始的时候都没有。这几乎是绝无仅有的。我为夺走它母亲的性命向它道歉，并让它不必再害怕，从此它可以来去自如。

小鹿自然什么都没说。它只是用硕大的、充满谅解的眼睛看着我。

拥有一个不会说话的朋友是幸运的。

昨天我们躺在帐篷里闲聊了一整天。我给小鹿喂水，还给它找来谷物和多汁的树皮，而我自己在篝火上煎了些大块

1. 宇乐沃牧场，奥斯陆远郊北马卡的一座咖啡馆，是供郊游渔猎的人休憩用的。该咖啡馆于1927年在原大宇乐沃农庄的牧场上建成，并一直沿用牧场的名称。

的肉。我一边梳理着它的皮毛一边耐心地对它讲解，既然人类捕杀驼鹿已经几千年，那就说明这不是闹着玩的，而是单纯出于生存需要。如果放任鹿群肆意繁殖，就会造成灾难性的后果，我说。我都不知道自己在说什么，但我觉得在哪儿听说或读到过，于是我就这么说了，我说要是出现太多驼鹿，就会开始传播疾病，既有生理上的又有心理上的，最终森林里就会出现非常糟糕的状况。你自己看看，我对小鹿说，话说它应该有个名字，我得给它起个名字，但我现在只好说，你自己看看：成群结队或染病或脑残的驼鹿因食而争喧嚣四散，卑劣地违反各种森林法律和驼鹿规章。谁都不想这样。所以我的祖先要猎鹿，所以如今我们还在猎鹿，我说。虽然我们现在已经不再赖以鹿肉和皮毛为生，我低声补充道，但我们还在继续这么做。我们觉得去森林里猎鹿很惬意。我知道猎人之间都有诚挚的友谊，我说，这已经成为某种习俗。我们出于旧习而继续这么做。但主要还是为了避免后果恶化，我之前提到过。就是这样。但我杀死你的母亲并非出于旧习。我这么做是迫不得已。我已经几天没吃东西了，而且自从蓝莓季节结束之后就没怎么吃饱过。很抱歉我动了刀，我说。这么残忍实在没必要，但我没有枪，而且我也不会射击。要是你怨恨我并且纠结于对我的极端情绪之中，我非常理解。这是人之常情。你必须自己体会这些情感并划清应有的界限。但你应该知道，我愿意支持你度过这段困难时期，我说。另外，停顿片刻后我接着说，本来你的母亲就快要剪断你们之间的“脐带”了。她会把你从身边撵走并求你离开。因为你们驼鹿就是这样。你们看上去这么善良，但你们对待自己的孩子像对待屎一样。你们就是这么野蛮。你们生下孩子并哺育他们，稍加指点就一走了之，孩子对危险还一无所知就被一脚踹开。你母亲不久就会这么做，说不定就是下个礼拜，她会坚持认为你们应该各奔东西。这对你来说将是痛苦的一天，大多数驼鹿无法幸免的一天，但你现在就不用经历这些，因为我结果了她，这样你记住的就不是那个用分叉的舌头[1]倒数计时的她，而是那个永远守在你身边的她，那个突然被命运无情夺走的她。我一边说一边用我的梳子给他梳理皮毛。

其实不久前我也失去了一个亲人，我继续说。我失去了我的父亲。我根本不了解他。我从来都不理解他是怎样一个

1. Kløyvd tunge，原指爬行类动物的舌头，用来形容语言恶毒无情。

人。现在他走了。所以我们同病相怜。你失去了你的母亲，我失去了我的父亲。与其把气撒在我身上，倒不如去责怪行星路上的杜塞尔多夫先生。我去他家地窖的道路一直都很通畅，我解释道。他的亡妻生前及时酿制了足够享用多年的果酱，另外他还有个塞满培根和其他肉制品的冰柜。仔细调查周围住宅区几周之后，我发现杜塞尔多夫的房子是最方便潜入的，而且杜塞尔多夫本人也用他的漫不经心、粗枝大叶外加酗酒助了我一臂之力。每当他晚上坐在那儿制作毫无意义的战争模型时——那些二战军用车辆模型，都设定为1∶20还是什么比例，自然是夸张的真实效果和精准的配色——我就从院子入口那扇整个夏天大部分时间都大敞着的门溜进房子，下地窖，恬不知耻地拿些好东西，打包出门，穿过院子重返森林。这个套路我自认为杜塞尔多夫先生和我都很满意。他反正该有的都有了。大房子、一柜子的食物，根据地窖门边桌柜上的银行票据，他还有不少的钱，另外，还有一项显然填满丰富生活的爱好。很难想象杜塞尔多夫还有什么奢望，我对小鹿说。我几乎开始觉得我可以按响门铃直接跟他打个招呼说我时不时会去他的地窖饱餐一顿他的余粮，他一定会微笑着答应。但他一定是改了主意，因为不久前他给院门上了锁，还竖了牌子贴上写满警告、报警电话、“禁止入内”“严惩不贷”的纸条。

就是这样。人们总是满腹狐疑提心吊胆。

于是我又站在了贫瘠的土地上，没过几天我就——出于自然规律——饿了。我越来越饿，最后除了给你母亲设套并往她脑子里扎刀之外无计可施。事情经过就是这样。饥饿就是这么工作的。其他都不重要。但必须吃东西，我对小鹿说。你可能自己也知道，或许不知道。希望你不知道。

对牛奶的需求变得迫切起来。我在包里装了一二十公斤驼鹿肉，下山到宇乐沃体育场[1]去。小鹿在后面跟着，但我用严肃的口气告诉他不行。你得在这儿等，我说。等，我字正腔圆地重复了一遍，就像对一个弱智儿童说话。我胡子拉碴衣衫褴褛已经够现眼的了，不需要再牵头驼鹿来出风头。放松，我说，我不会去很久。但他不肯放松。他不让我走。可怜的小驼鹿，我说，你以为我要抛弃你，但我不会。我只是去商店搞些牛奶和其他我需要的东西。一点不管用。离愁

1. 宇乐沃体育场，同宇乐沃球场。

闪烁在他眼里，他这么黏人让我感到很担心。我以为驼鹿都很独立。他就像以一种我尚无法承受的方式与我连在了一起。我开始责怪他死去的母亲，为什么要在狩猎季节中冒着危险带着他旅行。她想什么呢？

我停下脚步放下背包开始安慰小鹿。想把他举起来，但他太重了，于是我只好以顽皮而友好的方式用指关节摩挲一下他的头。我给他“椰子”了一个，在我们家是这么叫的。之后我花了些时间把整个状况推心置腹地跟他解释了一通。我对解释非常依赖。跟我自己的孩子我也总是这么做。要是成年人撒谎或隐瞒，孩子是会察觉到的，我这样告诫自己。所以我连解释带比画地说，我现在要下山去找人类，这对一头小驼鹿来说太危险。山下有私家车和巴士，嘈杂吵闹还满是让人困惑的信号。其实这几乎是人类最典型的特征，我说，只要和让人困惑的信号沾边的事人类都是大师，这方面没什么能胜过人类，你就是找个一千年，也找不到比来自人类的信号更让人困惑的。

要是驼鹿走失到人群里，就会被射死。我一边说一边惟妙惟肖地模仿一头走失的驼鹿惨遭射杀。所以，我说，你最好还是留在这儿。我过几个小时就回来，到时候我们就可以在一起了，说不定还能一起找些乐子。我等着他给我一个信号，让我知道他理解我说的话并同意留下，但是他没给。

他不顾所有的解释和全部的好意，还是继续跟着我。最后我把他往树上一拴，完事。

易卡便利店[1]的老板满腹狐疑。他就像本书一样让我读出了心思。疑窦从他的每个毛孔里渗出来。帮帮可怜的猎人兼采摘者吧，我说，但看得出他觉得这很奇怪。

我们站在储藏室跟前，他故作淡定，尽管微笑训练有素并深谙顾客至高无上的营销理念，他的不信任还是散发得淋漓尽致。我提的要求，自然是违反了所有行为规范和操作守则。我为他提供鹿肉，来交换牛奶和他丰富货藏中的一些别的东西，他觉得划不来。

我知道大多数人会认为这种经济形式已经过时了，我说，但现在我还是站在这里，而且肉是好肉，况且这种经济形式其实不错，等价交换，互惠互利。我敢肯定这种形式正在回归，我说，就快时兴起来了，要是你接受这个建议，之后你就可以炫耀你的前卫。你引领了潮流，因为以物易物的

1. ICA，瑞典著名超市品牌，在挪威有六百多家连锁店。

风尚一定会卷土重来。十年之后就是物品交换的时代了。明显，我说，因为按照现在这样是发展不下去的。行不通。你随便拿张报纸或拿本杂志翻翻，你就能看到，当下已经很少有人怀疑如果我们想几十年后还能持续发展的话就必须改变我们的消费习惯。我注意到你在权衡，我说，你在思考。我注意到你到现在都没有说不。

他已是三十过半的年纪，对自己的现状还挺满意。他一定接受过相对良好的教育，并认为在宇乐沃体育场开个易卡便利店很带劲。店是新装修的，国内最现代的超市之一。货架上新鲜食品琳琅满目，还有开价数千克朗的帕尔玛火腿、大如房子的奶酪，工作环境安全可靠，职员互相关照恪尽职守。他打着算盘。他稳赚不赔，但被人发现的概率是多少？况且他也喜欢驼鹿。话说人是不会和驼鹿讨价还价的。

他谨慎地环顾四周，确保他的下属都不在附近偷听他将要说的话。你想要什么？他问。

我说我想要的挺多，但最重要的是达成牛奶协议。牛奶协议？他问。我点头。我，也就是说我的器官和细胞，我的身体，简而言之，每天需要一整升脱脂牛奶，我说。所以我希望每周一和周四，商店七点开门的时候，能有相应的三盒或四盒脱脂牛奶放在储藏室外，比方说，放在垃圾箱和墙壁之间。

为什么一定要脱脂牛奶？他问。

我的好人啊，我说，脱脂牛奶代表了人类文明迄今为止所能达到的最高程度。随便一个傻瓜都能随时弄到普通牛奶，我说，但迈到脱脂牛奶这一步需要至高无上的灵感和叹为观止的分离技术，直到近代才真正实现。事实上，我很担心人类是否还能走得更远。脱脂牛奶很有可能江山稳坐。至少给我们设立了极高的奋斗目标。

脱脂牛奶光宗耀祖。

要这样持续几周？他问。那得看需求了，我说。什么需求？他问。到时候就知道了，我说。另外我还需要电池和店里的一些小东西。我们说的是多少肉来着？他问。今天我包里装的这些都归你，现货，要是交易持续到圣诞节以后，还有更多。成交，他说着握住我的手。

这就好。这是狩猎及采摘文化的胜利。

刀杀驼鹿换牛奶和其他商品。这是个突破。

或许世界还有救。

世上这么多人，我居然在店里遇到了我的老婆。

白天这时候她应该在上班的，但今天她显然没有。她一定有自己的理由。

你好，我说。

你看上去不好，她说。

要是我说我老婆觉得我现在住在森林里很奇怪，并不表示我心情沉重。她其实并不怎么理解，看上去是这样。为此我并不怪她。我自己也不知道我是不是很理解发生的一切。我父亲刚死，才入土不久，我的母亲、姐妹和我料理了后事后，我出门骑车。那是春天的事。漫长冬天过后在森林里骑车是件快乐的事。我当然一年四季都骑车。骑车上下班。我是个自行车手。我大概首先就是个自行车手。没有什么前提能阻止我。冬天我就用钉胎。我有头盔、自行车专用手套、特制的裤子和夹克、自行车电脑、车灯。我每年得骑上个四百英里。要是哪辆汽车不乖我就折了它的雨刷，毫不含糊。我会敲车窗。我会喊破嗓子，车停下来逮我我也不怕。我会据理力争，坚持我作为自行车手的权益。我骑得很快。比汽车快多了。最好是在早高峰。比如说松恩路上，翻过亚当坡继续下行到特莱色思大街和柳树街。好多汽车，更多的是电车。电车总停在特莱色思大街正当间，因为几乎从来没有车与之抗衡，汽车都得停下来，但我可以蹭上人行道，大摇大摆地从准备上车的人右侧经过，然后在电车前方四五米处冲回大路，趁电车再次发动之前，有的是时间。那里的人行道正好比一般的高一点，并且稍稍向上抬，所以我可以飞一个，我总是两个轮子一起着陆，就在电车轨道正中。帅呆了，但我也不当回事。有人看见就看见吧。或许他们中就有人受到启发去给自己搞一辆自行车。有这样的想法我就知足了。我带着这个想法继续前进，朝着下一道障碍——比斯莱的环形路口，在那儿我还有个专业司机不喜欢也不一定合法的绝活。但作为自行车手就必须得逍遥法外。他们必须生活在社会之外，那些交通规则虽然是为健康的人设立的，却越来越偏向于机动车辆，必须打个擦边球。自行车手受到了压迫，我们是沉默的少数派，我们的猎场总是越来越少，我们被迫挤进不相称的交通模式，我们不能使用自己的语言，我们被逼到了地下。但留神了，因为不公如此明显，谁也不要感到惊讶，愤怒和暴力终会从自行车手中跳出来。在一个美好的日子，当所有非自行车手肥胖到几乎无法自如地出入车门时，我们会不顾一切地反击。

我是自行车手。我是丈夫、父亲、儿子和员工。还是房产所有者。以及一堆其他身份。人总是那么复杂。

反正我就是在外面骑车。春天的时候。然后我就倒了。挺没道理的。森林里走得都挺熟。范围通常也小。我挑了条小径，骑着骑着就进了野地，正下坡呢，前轮就突然卡在了两块石头里。我从自行车上摔了下来，屁股砸在了树根上，外加自行车撞上了脑门。我就这么躺着。开始疼得跟鬼似的，动弹不得。我只是静静地躺着，抬头望着几根树枝在微风中缓缓地移动。许多年来第一次这么安静。当最糟糕的疼痛缓解一些以后，我感到一阵由衷的平和。只有森林。往常交织在一起的各种复杂的感受、想法、责任和计划都烟消云散了。突然之间，只剩下森林。而且我脑子里也不再出现任何伤脑筋的儿歌。它们平时总是一刻不停地在我脑子里。我儿子和他的小伙伴看的那些录像或DVD里电影的主题曲，它们太有穿透力，太狡猾了。就这么沉甸甸地附着在我的中枢神经上。在我跌倒之前，它们在我的脑子里已经循环了几个月。整个冬天都在困扰我。不管是工作还是休息，甚至我父亲死的时候。我都打算因此去挂个号。比方说吧，《企鹅家族》。我儿子特别爱看这部德国制作的企鹅片。吧啊，吧啊，吧吧吧，吧啊，吧啊，吧吧吧，吧吧，吧吧，吧吧，吧吧，吧吧，吧啊啊，吧，吧，吧啊，吧啊啊啊啊！这玩意儿能在脑子里转悠一整天。从我早上睁开眼到我晚上倒下睡觉。冲澡、吃早饭、骑车去上班、开会、骑车回家、买菜、去幼儿园接儿子，等等，等等。《企鹅家族》从早到晚。其他几天是《巴布工程师》。老天爷。巴——布工程师，能修好吗？一定行！啷，啷，啷啷啷啷——！要不就是《天线宝宝》。吓人道怪。这些——不好意思——操蛋的、矫情的小人据说是由英国心理学家研发出来开发儿童智力激发好奇心的。两岁的时候还真他妈管用，但对其他年龄段的人来说就太弱智了。丁丁！迪西！拉拉！小波！天线宝宝。天线宝宝。说——你——好！有种想把他们塞进碎纸机的冲动。还有《火车头托马斯》。好吧。大概没那么恶心。反正头五六十回还成。积极向上地嗒、嗒、嗒、嗒、嗒嗒、嗒——，嗒、嗒、嗒、嗒——嗒，嗒、嗒、嗒、嗒——嗒，嗒个没完，顺着老掉牙的铁轨模型，沿途风景有点像英国，虽然所有孩子都知道其实地点是索多岛，在那里小火车头托马斯快乐地开来开去，和他的车厢安尼和克拉拉比亚一起，还有他的火车头同事派尔西、托比和詹姆斯，以及别的有名字的交通工具，比如直升机哈络德、巴士贝尔蒂、推土机特兰斯，以及指挥员，我们家叫他帽子先生，每当火车们做什么好事的时候他就立马出来表扬一下，乐此不疲。例如他会说你真是个能干的小火车头，托马斯；他也会来硬的，就像上回那些大火车头得意忘形拒绝亲自拉车厢的时候。这些破事可别让他知道了。

但现在我躺在野地里的时候，帽子先生已经在我的意识之外。歌声安静了下来。所有围绕浴室的想法也奇迹般地消停了。我都不记得上次不想浴缸是什么时候了。但是现在浴缸离开了我的意识。我一点都不会考虑到底是用意大利瓷砖还是西班牙瓷砖，或者是粗糙的还是光滑的，或者我们根本就应该采纳别人的意见，使用马赛克玻璃，这自然是我老婆最热切向往的。更别提颜色。我根本就不考虑颜色。没有蓝色。没有绿色。没有白色。并不是我不再担心天花板或瓷砖的颜色，但念头就这么简简单单地消失了。我从这场无休止的旋转舞会中解脱出来。我也不去考虑混合水龙头，虽然它们有七百种款式，拉绒钢的六周之内可以送货上门，要是可以接受普通材料的话还能再快点，但为什么要接受普通的呢？或者浴缸，也是我们在英美对伊拉克采取行动的当天必须讨论的内容。我记得当时得知我们也将卷入这场战争后我很恼火。非常招人烦。好像在所有卫浴设备中做选择还不够闹心似的。现在我们还得在伊拉克战场上选择立场。我不喜欢世界上发生需要我过多地使用脑容量思考的事，鸡毛蒜皮。不是我不顾全大局，而是我压根儿不想关心。好几个星期我都因为他们不等我们装修完厕所就开始轰炸而气不打一处来。我想着去他妈的，我们到底是选那个便宜许多的波兰浴缸还是那个我们同样挺喜欢的瑞典浴缸，抑或我们应该咬咬牙始终优先考虑质量而不是成本，反正两个浴缸各有千秋。瑞典那个也不是处处领先。炸弹在电视上——我们把音量调小了——飞过幼发拉底河或是底格里斯河或者两条河都有的时候，我们就在那儿互相画着浴缸的位置，把波兰的和瑞典的各自的优缺点都列在表上，这个过程实在太熬人、太费神，一旦开始觉得它不那么重要，整个项目都会土崩瓦解，甚至危及婚姻。

躺在荒郊野外，我连马桶都不想。也不管是用当下最时髦的内嵌式，还是凑合着用更经典更灵活的款式。那个森林中的午后，连和水管工的对话都抛在了脑后。特别是最伤脑筋的那次，他说先前那位水管工干活太糙，以至于大便钻不到混凝土下面的通道，所以就差那么几秒钟他就要跨出那一步，把整个地板掀起来重新排管子。

这些全都消失了。好些事我突然之间就不想了。

我受了伤躺在野地里，任春天的阳光洒在脸上的时候，我想的是：我的父亲不在了，永远地离开了，而我从没能真正了解他，当我母亲跟我说他去世了的时候，我都没什么特殊的感觉。他是在夜里去世的。突然之间。悄无声息。但躺在野地里的时候，这一切以全部的重量渗透到我心里。如此剧烈。人来人往，花开花落。一夜之间，恍若隔世。我任其在体内渗透，意识到区别如此巨大，以至于所有念头不得不俯首缴械。人秉持并拥有的一切，一瞬间灰飞烟灭，只因这是存在和占有的最后一刻。这是个让人生厌的结构。一边无所不包，另一边却一无所有。紧随这些想法而来的无力感，外加头上挨的那一下，让我短暂地昏睡了片刻。醒来的时候，我想到了我十六岁的女儿几天前在竞技场电影院看完《魔戒：双塔奇兵》之后坐在咖啡馆里对我说的话。这片子她之前已经看了十一遍，现在她再也不能接受我没有看过的事实。反正她不能容忍自己的父亲没能分享她历史性的情感体验。当初她排了两周队才买到首映式的票。她和她的男朋友，以及她的朋友和她们的男朋友。他们穿着精灵服。为了让学校批准她在学期中间请这么长时间的假，我们和校方进行了几次严正的交涉。她是个全优生，而且英语老师保证这没什么危险，况且据说托尔金最擅长激发孩子的好奇心，所以没问题，保暖睡袋什么的我们也一应俱全，不在话下。电影里有这么一幕，那个非常邪恶的萨鲁曼——其实像极了那个死去的哈马斯领袖，白头发白胡子坐着轮椅尖声尖气地说无论如何巴勒斯坦人都永远不会投降。在长期培育所谓半兽人——残暴的大个子怪物——并指派它们残杀一切善良的生灵之后，他的矿坑和城堡最终遭到摧毁。那些捅了他马蜂窝的家伙是一群被霍比特人说服参战的藤精树怪。他们还摧毁了一座大坝，这样河水就涌了出来，对萨鲁曼造成了巨大的伤害。走出电影院的时候我的话也对女儿造成了一定伤害——我说萨鲁曼要想在那大坝脚下再造一座城堡一定得花不少时间。我女儿对这话置之不理，但我们走进咖啡馆的时候，她眼神里却充满怨恨。我很想知道她究竟怎么了，但我不想说，我是害怕她可能说出的话。在我看来她是如此神秘莫测，以至于我随时随地都准备着应对任何情况。十多岁的女孩对我来说总是充满谜团，从我和她们一样大的时候就是这样。从那以后我们之间的距离有增无减，那是自然现象。

如今我有了自己的谜团。在那个夜晚过去近六个月的现在看来，当时我和她的距离真可说是无边无际。用最理性的思想乘上你能想到的最大数字，这样的话跟我女儿大概还有一墙之隔，我是这么认为的。

我们到咖啡馆坐下。怎么了？我终于问。

她说她为我看完这样的史诗大片之后做出的第一条评论感到震惊，居然如此玩世不恭，居然对我刚刚目睹的历史震撼无动于衷。

看了就看了呗，我说。我们刚看了一部非常昂贵的妖怪电影。很刺激。既然它对你那么重要，我看看也很高兴。

她说她无法接受，这证明她和我之间的代沟正如她担心的那样巨大，如果可能的话甚至更大。

你想让我说什么呢？我问。

我们刚看了一个关于善与恶的故事，我女儿说，你心里难道没有任何感觉吗？

当然有，完全有。我不是说了很刺激吗？我明白那个戒指很邪恶，每个人都想得到它，制作也不错，那个谁，他叫什么来着，那个吃鱼的透明人……

咕噜，她说。

没错，我说，做得很不错。我都不知道他们是怎么做到的，但真的很了不起。战争场面也很震撼、完美。

你知道你的问题是什么吗，爸爸？她问我。

我摇摇头。

你不喜欢人类，她说，你不喜欢人。所以我也不喜欢你。

她起身走了。

她就这么和我分手了，就像我是她的男朋友。其实挺了不起。有那么片刻我甚至为她感到骄傲起来。走的是我女儿，她离开的时候我想。她会有出息的。之后我点了杯啤酒，把这次不愉快的经历归进非理智行为的文件夹，并且想着过几天她就会恢复原样。不过刚才那样子多多少少也是她的本性。

但几天后当我躺在野地里，感受着头上的疼痛和脸上的阳光的时候，我意识到我的女儿是对的。

我不喜欢人。

我不喜欢他们做的事。我不喜欢他们的样子。我不喜欢他们说的话。

我女儿的话正中要害。她把我很久以来一直回避的结论说出了口。最近几年我渐渐地和身边的人拉开了距离。工作使不上劲，在家基本也是。我老婆提过好多次。她以为是自己的错，因为缺乏更好的解释，我就让她这么以为。完全没有必要承认是自己不对劲。反正只要有人站出来承担责任就行。我几乎一直处在这样一种境况，明明知道世界上发生着许多事，却完全不去考虑它们跟我有任何关系。而我的女儿，身穿精灵服，一针见血。

那个下午我在野地里躺了很久。吐了两回，最后终于饿了的时候我试图用打气筒弄下个松鼠来，打偏了。然后我老婆打电话来，问我去哪儿了。我从自行车上摔下来了，我说着，试图站起身。勉强可以。我回来了，我说，开始拄着自行车一瘸一拐地回家。

身上有严重的擦伤，一块黄紫的瘀青，大约有德式猪排那么大，另外估计还有一定程度的脑震荡。老婆为我包扎伤口，我告诉她问题不在她那儿，而在我。好吧，她说，什么问题？现在说还为时过早，我说，但我躺在森林里思考了一下。很好，她说。

第二天我待在家里没去上班。从公司医务室开了个病假单，他们让我休息一两个礼拜。

我女儿继续翻来覆去地看《魔戒》，并且声明再也不要从我这儿听到任何相关的冷嘲热讽。而我的儿子，格雷古斯，也就上帝知道我当初为什么这么叫他，只要不在幼儿园，他就整天整夜看他那些伤脑筋的动画片。上帝保佑幼儿园。

病假即将用完的一天，我开始翻阅一堆母亲在父亲死后给我的纸和照片。都是发票和笔记，其中居然还有一大堆马桶的照片。我打电话给母亲，她解释说父亲活着的最后几年里一直坚持给他使用过的马桶拍照。他从未解释为什么。他拍下照片然后守口如瓶。成果是几百张马桶的照片，外加树、石头，以及其他人们出门在外时找来小便的地方。我马上意识到我比之前以为的还要不了解他，但我喜欢这些照片，我也喜欢他给所有马桶拍照这个想法。这想法很适合他。我的父亲，马桶摄影师。作为这件事的结果，或者说作为这件事在我心里制造的所有情绪的结果，至少希望是某种具体诱因的结果，我一时冲动并且继续保持着这种冲动打包上路闯进了森林。我在厨房操作台上留了个纸条，上面简洁明了地说我要去森林里转转，不知道我要离开多久，但他们不用等我回家吃晚饭。这大约是半年以前，自那以后我只见过我老婆几次面。她来帐篷里找过我几次，为了做爱，也为了劝我回家，虽然每次我都答应她，但一直没做到。我说我会回家，但我没有。某种程度上几乎成了谎言，但又怎么样呢，这是我的生活，我需要在森林里待上一阵子。

我老婆很担心别人会怎么想怎么以为，她是这么说的。这我已经不在乎了。没什么比别人的想法更不让我操心的了。别人爱怎么想怎么想。反正我也不喜欢他们，并且极少尊重他们的意见。我们所谓的朋友早就引不起我的兴趣。他们往来于我们家，我们也回访。就是由无数晚餐和孩子、无数周末度假屋和无数暑假国外租房交织的一场闹剧。我自然总得参加并因此以一种恶心的方式成了整个闹剧的一部分。我出走森林之后他们一定有很多想法。多普勒，不是别人而是他，他们一定会想。工作理想、家庭和睦、大房子正装修得颇具品位，他们要是问我我该怎么回答？我老婆狐疑满腹地提过好几次。想怎么说就怎么说吧。说我疯狂沉迷于动植物，说我失心疯了，想怎么说怎么说。

我承认我的行为对我老婆来说是种考验，我也试图解释说我的小逃避和她没有任何关系。让她相信这点很难，这我也注意到了。起初她怀疑我有了别人，但后来她不这么认为了。反正她现在某种程度上平静地接受了我住在帐篷里这个事实，虽然她还是不知道为什么。我们结婚的时候也说过同甘共苦生死与共。问题是同样的一天，对其中一人来说可能甘之如饴，但对另一个却苦不堪言。

我怀孕了，此刻她说，我们站在挪威最大易卡超市的汤料柜台前。

苍天大海呀，我说，又有了？我搬到帐篷里来以后我们还是有性生活的。之前提过，也就那么两三次。她半夜来找我，短暂的交媾之后离开，连外衣都懒得脱。

五月是最后期限，她说，到时候你再不回家，你就全都给忘了吧。那就算玩完了。明白吗？

我听见你说的话了，我说。

我厌倦了一个人对付孩子，还少了你那份收入，她说。

这我也明白，我说，但我住在森林里也不是为了闹着玩。我住在森林里是因为我必须住在森林里，而你不会理解我，因为你从来不觉得你必须住在森林里。你总是很适应，而我不行，你和人类相处甚欢，并且很轻松，而对我来说却甚为艰难。

你快要变得和你父亲一样了，她说着，转身准备离开。

五月，是我听见她说的最后一个词。她停下脚步又重复了一遍。五月。

这下乱套了。下山回到人类中等于自寻烦恼。我对驼鹿说，也是我自己不够谨慎。在我像个正常人那样在超市里晃悠之前，我本该先确认一下我老婆不会在那儿。但现在破坏已经造成，敏感信息已经交换，我又要当爹了。毛骨悚然。这就意味着再来几年从早到晚玩世不恭的儿歌，我不知道我的心理承受力是否支撑得住。我真希望自己能有个小一点的生殖器。一个我的老婆不会这么留恋的生殖器。一个小不溜丢绵软无力的器官，她没有它也无所谓。但人总是得接受原配的那个器官，而且我也从没见过提供缩小这类器官尺寸服务的传单或邮件，而孩子的好处就是无论如何他们一出生都会瞬间散发出某种引人注目的神圣光彩。但生生死死，这可恶的轮回。我父亲走了，一个新的生命来了。一个我从未真正认识的人替换为另一个我其实根本就不该认识的人。

而要说我最不想成为什么样的人，那就是我父亲。她怎么能这么说？我最恨她就这么把这样的话说出了口。就像她知道什么我不知道的事实。就像她就此事已经思考良久，然后突然决定对我泄露一丝天机，但就那么一丝，冰山一角，只是一丝暗示，给我点东西嚼嚼，好让我自行把余下的画面补全。这是她惯用的伎俩，下回再遇到她我要让她怎么吐出来的怎么吞回去。

小鹿跟我父亲叫邦果，晃回森林的路上我突然想到。尽管我父亲不叫邦果，小鹿还是要跟他叫邦果。有时候人就要想办法建立起这样的逻辑关系。

包里装着牛奶、面粉、鸡蛋、油和其他基本日用品，但最重要的是牛奶，那是自然，还有我从书店里换来的动物翻翻乐[1]。花了不到一斤肉。驼鹿是万能的，可以换许多东西。想到牛奶，于是我在森林的边缘停下，同最后一栋人类的房子道了别，然后灌下一升。我把纸桶叠得漂漂亮亮的，留着生火用。

其实我就生活在森林几百米深处，但从来没人经过。人总是跟着路走。他们横来竖往于此。成百成百的人。我得以在森林里住到现在，却也是因为从来没人经过。林主略文秀[2]对此一无所知。法律规定同一个地方一次只能连搭三天

1. 一种儿童记忆力游戏。

2. Løvenskiold，丹麦、挪威贵族，家族起源于德国，1739 年受封贵族并得名。

帐篷，而我的已经搭了近两百天。略文秀他一定不会喜欢。那些每周日或假期穿着短裤散步或遛狗的保守派也同样一无所知。他们总是深陷在他们保守的思想中从不到五十米开外的地方匆匆经过，他们要去炜塔峰[1]眺望城市，来确信他们一直居住在城市的显赫位置，他们根本想不到我在那儿。他们脑子里想着是不是应该再投一大笔钱到一只低风险基金上，或者是不是马上就该强迫邻居砍掉那棵树，因为它即将遮挡掉一角面对峡湾的风景或一缕晒进他们花园里的阳光。于是，我就坐在帐篷里不喜欢他们，而他们却不知道。这个我喜欢。这让我很受用。真奇怪。我想这和隐藏自己的欲望有关。那古老的不被发现的喜悦。默不作声地蹲在那儿，相信没人能找到你。这感觉真爽。

我回来的时候邦果几乎乐不可支，当天剩下的时间我们就在帐篷里度过。我们玩玩游戏自得其乐，我体会到了学生时代那种好伙伴之间的亲密情谊。大家就是在一起，也没什么特别的话题。但邦果玩起翻翻乐来很糟糕。他真得好好动动脑筋我才能有兴致多玩几盘。我选择动物翻翻乐就是为

1. Vettakollen，位于奥斯陆西侧，海拔 419 米，名字为烽火台的意思。

了给他公平的机会，而我一次又一次在棋盘上摆满狐狸、水獭、松鼠和鸽子的时候，邦果却一张牌都没有。他根本就记不住牌应该放哪儿。我为他指牌，希望他能以声音或点头等动作给我个信号，但是行不通。没有声音，没有点头。你呀你，邦果呀邦果，我说，你真不是班里最聪明的那个。但你是个好伙伴。还是个舒服的枕头。

我再也不用赚钱，那是肯定的，我抱着胜利的喜悦惬意地躺在那儿对邦果说。他很平静地接受失败。那是应该的。这不牵涉名望与自我膨胀。然而我已经从最初追名逐利的生活中回归成为我们的文化中可能存在的最不追名逐利的那个。整个学校生涯中我考虑的只有收入，并视所有非营利性专业为纯粹的愚昧，我说，现在我却意识到，没什么比缺钱更让我不在乎的了。就这么简单。就像唐老鸭的玩笑。砸一下脑袋就全变了。我一心就想着钱，把我的时间和精力都投入尽可能多攒钱的愿望中，然后我就从自行车上栽了下来砸了脑袋，一下子我就不再想赚钱了。也不想别的事了。这我必须承认，但我也希望能变成这样。或许条件也成熟了。我在森林里有个帐篷，我有许多时间和鹿肉。我还有邦果——我的新伙伴。感觉就像我们认识了一辈子一样。我老婆要是以为我五月会下山回到她和新生儿以及其他人类身边，那她是在做梦。我完全没这个打算。相反，我打算不这么做，我强调，她大可以来找我。来抬我走。她挺着大肚子是做不到的。门儿都没有。

我做过那么多事。

我是那么聪明。

我是那么要命的聪明。

我在幼儿园很聪明。我在小学里很聪明。我在初中里很聪明。高中里我聪明得让人恶心，不但在课业上，连社交上都是。我很聪明却不是书呆子，不只是念念课本，我时常叛逆、放肆，把我的老师们惹得忍无可忍，但他们还是喜欢我胜过别人。做到这点需要聪明到无比恶心的地步，我今天突然意识到。我聪明地学习，得到一个超级聪明的爱人，并且在有人给我一份聪明到对其他所有聪明的工作竖起中指的工作之后，以聪明的方式，在聪明的朋友们的簇拥下和她结了婚。之后我们有了孩子，我们聪明地抚养他们，我们搞到了房子并聪明地装修一新。在这一切聪明之中我游荡多年。我在其中醒来，在其中睡去。我呼吸着聪明，渐渐消磨了生命。我现在看来就是这样。上帝千万别让我的孩子跟我一样聪明。

但我的女儿却让人担心地显露出聪明的潜质，我认为现在搬进森林正是时候，也是为了她好。我滞留森林对她来说几近疯狂，这或许能使她不安，从而帮助她开辟出一条不那么聪明的道路，让她少一些成就，从而总的来说低调一些——如果为时不晚的话。如果聪明还没有在她身体里扎根并充满她的全身。我很害怕事实就是这样，因为聪明是极易上瘾的。一旦聪明起来之后，就没有什么能阻止人们继续尽可能地把来自周遭世界的积极反馈拒之门外。这是个自动增强的涡旋，永远不需要终结。人们可以成为聪明的学生，之后走上工作岗位——企业、公司，人们可以成为聪明的合作伙伴、朋友、爱侣，聪明的父母和用户，几乎找不到什么事情不能做得比其他人更聪明一些，人们可以聪明地老去，得一场聪明的病，最后聪明地死去，要是我没有从自行车上摔下来并砸到脑袋的话就毫无疑问会是这个下场。但现在这一切再不会发生。我将不聪明地死去，我也再不会试图取得什么新的成就。我成就够了，我也聪明够了。

幸运的是我儿子还没来得及变聪明，我希望他依然有救。希望我的离开能够拯救他，我一直这么想。对我的想念会为他制造一种不安、一种牵挂、一种不平衡，我这么想，这种不平衡可以把他从聪明中解救出来。我老婆也可以变得不那么聪明。我离开这么久，她累坏了，一定会犯点什么错。和孩子相处的时候她一定又疲惫又愤怒，并且蛮不讲理，她会睡眠不足从而很可能无法得到让她在工作中表现出聪明可靠的能量供给，这将不可避免地让她产生罪恶感，没什么比罪恶感更能让她不聪明的了。我待在森林里拯救了整个家。他们以为我离家出走是件坏事，但事实上是我救了大家。我们得好好感谢森林，我的家人和我，假如有朝一日我决定回家的话。

但我想不到什么会让我改变主意。在山上我不会在别人面前露脸，别人也不会在我面前露脸。别人躲过了我的冷嘲热讽愤世嫉俗，我也躲过了他们的聪明和愚蠢。我感觉这是不错的安排。

另外我还在练习孤独。我练习着和孤独一起生活。就像我父亲做过的那样。或许谁都没有意识到。他是完全孤独的，我的父亲。在他生命的最后四十年里，他有了我和我的兄弟姐妹，但孤独并没有因此减少一分。他早晨起床的时候，他躺下，或是去滑雪，或是给马桶拍照的时候都在想什么，我不知道。从来都不知道。这些想法都不存在了。甚至可以说从来就没存在过，因为只存在于他一个人心里。可能那里有些什么，可能没有。就像薛定谔的猫。假设把一只猫和一个放射性原子核放在同一个匣子里，原子核一旦衰变就会触发某个机械装置释放致命强酸。但是因为无法窥探匣子内的情况，所以无法得知衰变是否发生。因此不得不得出结论，猫的生死两种状态同时存在。我父亲就生活在这样的匣子里。他可能想过很多，也可能很少。他可能过得很好，也可能不好。他同时既完完全全地活着，又完完全全地死了。而现在他只是死了。

我们独自出生，我们独自死去。只有从头至尾适应它。孤独是整个架构的基础。它本身就可以说是一根支撑梁。人和人可以生活在一起，但是在一起作为规则只是在身边的意思。这就够了。有人肩并肩地和他人一起，更有人受圣灵眷顾，甚至得以与他人一起生活。人们坐同样的车、吃同样的晚餐、庆祝同一个圣诞节。但这并不等于一起开车、一起吃饭或是一起过圣诞。那是两种外在。两个星球。另外现在有人发现了新的星体，有人说是行星，有人说不是。我们以为我们知道很多，但事实上我们连什么是行星都不知道，更不用说我们的父亲是什么人。或者曾经是什么人。反正你肯定不知道，我对邦果说，你猜都猜不出你的父亲是谁。说不定他也活在匣子里。森林中的匣子里。唯一可以确定的是，他是一头驼鹿，我说。一定是头大个子驼鹿，既然他配得上你母亲的话，她也够壮的，更别提大了。你也会长大。我说着，带他离开帐篷，和一棵松树比量了一下。我尽量让他抬起头，在头顶放了本书，在树干上砍了个记号，并刻上日期。这样我们就能观测一下你长得有多快了。我说。

几天后，晚上，篝火即将熄灭的时候，我突然意识到薛定谔的猫和我父亲之间的类比太聪明了。我又开始耍聪明了。甚至现在我一个人并决定不再那么聪明之后，我还是很聪明。这是种病。

关于我父亲，母亲给了我另一个从许多层面上多少有些让人不安的信息。他们多次南方旅行中的一次，在好吃好喝了一整夜之后，要是我没理解错的话，他说要是他在她之前死去，她一定要保证把他和一枚节奏蛋[1]葬在一起。她要把蛋放进他西服一侧的口袋，他说，她还要请丧葬所的人给他穿上衣服。她当时感觉这是件严肃的事，虽然场景很南方很热烈。我母亲就记得这些，父亲有生之年唯一一次把节奏蛋这个词挂到嘴上。他死的时候我们反复讨论是不是要把这话当真。我妹妹认为没有必要，但我们还是照办了。我去了一家乐器商店，买了个红色的节奏蛋。并不贵，我一离开商店就试着晃了一下。很有感染力。某种程度上挺带劲。对我来说不难想象，作为许多乐器中的一件，它能帮助营造一种发人深思的氛围。当然首先是基本节奏。然后是带重音省略的、更复杂的节奏。节奏蛋就飘在上面，类似某种辅料。它在那儿的时候你不会注意到，一旦少了你却能感觉到。这就是节奏蛋。这同时也是我的父亲。但他从来都没在我面前流露出任何对节奏或节奏乐器的爱好。或许是因为在南方的那个夜晚他喝醉了、高兴了，脑子里充满了无疑伴随他整个夜晚的南方音乐。他在一瞬间，就像很多人都会的那样，觉得他的人生应该多点节奏、多点舞蹈和音乐、多点不羁，而少

1. 节奏蛋，一种简易的节奏乐器，形如鸡蛋，内盛种子、沙石等细小颗粒物，功能和演奏方式同沙槌。

些寻常的、义务的、无聊的事情。人们总是会这么想，就一瞬间，这并没有什么错。我猜其实每个人都这样，生活填满了原本不该填满它的东西，并且缺少什么我们注意到别人有的东西，比方说，节奏、快乐、内涵、孩子，或各种其他好的有意义的体验。我父亲南下的时候可能就有了那个瞬间。或者也可能是死亡恐惧的突然来袭，想到节奏蛋可以某种方式帮助他超度，或许能靠它起死回生，或许它能跟随他帮助他突破阻碍和挑战。我当然是这么琢磨的。但我知道他读过许多书。他把大多数读过的书都默记在心。他读经典名著。其中许多就写到死亡，这我知道，也不乏各种死亡的领域，以及怎么做才能到达那里，等等。但经典名著一定很少提到节奏蛋。那些古希腊人没有节奏蛋，我猜想。古罗马人也悬。那么我父亲是从哪儿悟到的，这不啻是个谜。然而如今他们都长眠于地下了。父亲。还有节奏蛋。我希望他们可以安息。

歇夜之前我和邦果一起在那个固定的地方小便，俯瞰城市和峡湾。夜凉而清澈，我窥见气象局的几扇窗户里还亮着灯。他们肯定得夜以继日地干活，我想。天气必须归纳、研究，然后建立模型。这工作永无止境。天气没有终结也永不暂停。雪姗姗来迟。去年雪下得早、留得长。十月就已经积起雪来，而今年眼前却一点雪都没有。只有太阳和人群中纯粹的喜悦。但我宁可要雪。雪天是我唯一喜欢的天气。没什么比下雪更会让我高兴的了。我可以坐在窗前几个小时等雪到来。落雪中的宁静。这很有好处。最好眼前有个光源，比如说路灯。或者干脆出门，让雪覆盖。这是财富。这比人们自己创造的有趣得多。另外我还特别喜欢铲雪。永远铲不够。还有就是我喜欢其他人不喜欢雪。雪一来他们就烦。哪怕他们在挪威生活了一辈子也还是接受不了雪，总是为雪所困。所以一下雪我就有些幸灾乐祸。这其中总有些恶意的元素。但现在这些该死的家伙居然在气象局里企图夺走我的雪。情况变得不太稳定，我甚至怀疑它是不是还会回来，简直让人难以承受。雪对我来说几乎比一切别的都重要。比大多数人类重要。大概比你都重要，邦果，我说。你挺好的。但你并不是雪。

十二月

十来岁的时候一想到非洲有那么多人过得那么糟而我却过得这么好就让我难以忍受。我整晚整晚坐在那儿听《迷墙》[1]并感受着痛楚。一切阴暗与不公无边无际地挡在我面前。然后却突然结束了。来无影去无踪。如今我估计我不比大多数非洲人宽裕多少。我自食其力。我是猎人和采摘者。我用来打水的时间和非洲人民的平均值差不多长。要是我非常渴，我也会就近在沼泽里灌一瓶，但那里的水又黄又浑，肯定在那儿泡了一千年，所以我宁可选择去上游找条小溪。但溪流很不稳定。有时候水流太小，小到我无法找到有效途

1. *The Wall*，英国著名摇滚乐队平克·弗洛伊德（Pink Floyd）的第十一张专辑，1979年11月30日出版。

径取水。如今在非洲的是我，我想。我多少有点退化，除了那根即将过度发育的生殖器，周遭世界一定觉得我需要帮助，但正如骄傲的非洲，我宁可自力更生。我和非洲之间最大的区别就是，我不喜欢人，而非洲非常喜欢他们。被人群簇拥、被朋友和家人围绕的场景几乎成了非洲的典型特征，而尽量避开人群、避开朋友和家人是我的特征。除此之外，我们相似得就像两滴水，非洲和我。

在取水这件事上我花了太多时间。牛奶就更别提了。但协议生效了。易卡老板把他答应放在外面的牛奶放在了外面，等我去取。于是供水问题解决。维生素和矿物质可以从牛奶中摄取，另外还有邦果的母亲，据我所知也是营养丰富的。但对甜食的需求却无处满足。自从浆果季节结束之后我就没尝过一口甜的，已经有一个多月了。我开始有些不安。我当然也和其他人一样，是一部正确上油才能正常运转的机器。这个太多会出错，那个太少也不行。缺了糖我开始每况愈下，像得病的动物一样绕着帐篷打转数小时脑子里只有糖的时候，我意识到这点并不安起来，这样不安了几天之后我带上邦果下山直奔杜塞尔多夫的房子。根据经验我知道杜塞尔多夫在房子里存了好多巧克力。他就是条追着巧克力的狗，大好人杜塞尔多夫。我教会了邦果驮东西。我用他母亲的皮毛缝了个包裹还是包袱之类的东西，我把它甩在他背上，并在腹部绑好。超级好用，而且邦果好像也不反对。只要他能跟着就很高兴。他是我的“驮”鹿。他驮柴火、清水和牛奶，就像天生就是干这个的。我们久久地站在杜塞尔多夫的院子外沿观察他的动静。他又在搭一套新的模型。我看不清是什么，但他很专注，操作着镊子和胶水。他又出过远门了。厨房操作台上放着钱能买到的最大“金三角”[1]。足有四公斤半，超过一米长，跟我的大腿一样粗。我自己也经常看到这样大的。在我搬到森林里之前由于工作原因常去的卡斯特鲁普机场[2]，以及其他机场里。但我自己只买那些小的。我从来没敢跨出那一步去买大的。是聪明阻止了我，我想。总那么聪明。小金三角更聪明。它显示了一位父亲对家庭的关心。他惦记着他们。他想着他们。但大金三角太大了，不够聪明。太过极端，关于购买者揭示的故事不清不楚。他饮食习惯有问题。他很寂寞。他很古怪。他是什么都有可能。我注意到自己很敬佩杜塞尔多夫这一点。这种考虑大问题的

1. Toblerone，美国卡夫食品公司生产的巧克力条，常见于各大机场的免税商店。
2. 丹麦哥本哈根郊区机场。

能力。今晚他在透气。院门敞开着因为他要透透气，他要透透气因为他抽烟了。虽然抽烟的就他一个人，他也得透气。就是这样。我可以利用这一点。我让邦果一声别吭躲在一片灌木丛后，然后溜到院门边，进门，我顺着厨房的地板爬行，朝着金三角，朝那个不说巨型也是超大的金三角前进。我要得到它，已经不只是想要，我感到一阵对糖的热望，这块巧克力可以保证数月，可能是一整年的糖分供给。我把手臂举向厨房操作台，把那个大家伙往边沿拖，越拖越近，最后拖到边角翻落下来。我没有发出一点声音，就像我们猎人和采摘者历来做的那样，我们工作时从来不发声音，就这么沉默了四万年。现在我几乎得手了，我伸展，再伸展，并没有听见杜塞尔多夫站起身，正朝厨房走来。我处在一种注意力高度集中的状态下，把不必要的干扰都过滤掉了，系统把杜塞尔多夫的到来定义为不必要的干扰，这是致命的判断失误。而我却一无所知，像个白痴。直到他拐过墙角进入厨房，看到即将发生的状况，一个箭步冲向金三角，牢牢把它摁住，我们之间展开了一场争斗。我拒绝松开那一大块巧克力，杜塞尔多夫也牢牢摁住不放，这是男人与男人之间的经典对峙，虽然在体检报告上我肯定比他健壮，但最后我居然只能眼睁睁看着杜塞尔多夫从我手上把金三角旋转了出去，并在我头上使劲敲了好几下。我眼前一黑，再次醒来的时候我被五花大绑着躺在地上。很遗憾，情况就是这样，躺在杜塞尔多夫家厨房的地板上，还是棕色油毡铺地。

时间流逝，我听见客厅传来杜塞尔多夫搭模型的声音。他继续沉浸在自己的世界中，就任我这么躺着。到处弥漫着一种动人的沉寂。

他是个彻底孤独的人。

你在搭什么？我终于开口。

搭模型的声音。

你在搭什么？我又问。

我猜去地下室偷果酱和肉制品的也是你吧，他说。

恐怕是这样，我说，有一小段时间我是拿过一点小东西，但后来我就罢手了。

你罢手是因为我装了警报器，杜塞尔多夫说。

你说得也有道理，我说。

你现在又开始了，他说。

我急需补糖，我说，我缺糖。

他继续搭了一会儿。然后我听见他把东西往桌上一放，站起身。

他走进厨房，打开金三角的包装，用厨刀切下一块来。他喂了我一口。直接送到嘴里。

嘿嘿！身体想，糖！我的躯干充满了平静的喜悦。只需要一丁点。我们就是这么构造的。真他妈原始。

杜塞尔多夫回到客厅。

你就整天拼拼搭搭的？过了一会儿我又试了试。

是的，我拼拼搭搭。杜塞尔多夫说。

我以为他还会说点别的什么，所以就一声不吭地躺着，但显然他已经把话说完了。

你搭什么呢？我又问。

我听见他把东西放在桌上，然后就没了声音。

我感到一丝怨念。然后他又继续搭起来。

我在搭一辆德国斯泰尔 1500A/01 型军用车。他终于从客厅里发出声音。

我等着他再说点什么，但寂静再次降临。

哦，我说。

德国佬在战争第一阶段干得还不错，他说，其中一个原因就是他们有好装备。他们有好车、好坦克和飞机什么的。

再次沉默。

但我记得，战争到最后阶段他们就不怎么样了。我说着，悄无声息地朝院门爬去。

是的，杜塞尔多夫说，不怎么样。但一开始很好。我说了他们有好车。我搭的这辆是在奥地利生产的，有五个不同的重量级，这辆是 1.5 吨的，常用作运兵车，另外也当拖车和救护车用。

就是一辆万能车咯，我说。

没错，杜塞尔多夫说，四轮驱动。3.5 升 V8 引擎。85 马力。

厉害呀，我一直爬到门边才发现杜塞尔多夫已经事先把我的脚绑在了操作台下的暖气片上。我将将能把鼻子伸出去给邦果发信号让他过来。他还纹丝不动地站在同一片灌木丛背后。他是人类历史上最听话的驼鹿，现在他踩过草坪前来助我脱身。我把手伸出去，邦果开始啃咬捆住我双手的绳子。

动物和人同心协力反抗邪恶力量向来所向披靡。

为什么要拼这辆？我一边问，一边努力控制，不让声音泄露我已经在屋里移动了位置，同时摆着完全不可能的姿势，并且一点都不关心他为什么要拼这辆。

他没回答。

其实跟我没什么关系，我说，你肯定有自己的理由。

是的，杜塞尔多夫说，我有。

邦果咬断了最后一缕绳纤，我的手自由了。我解开环着脚的绳结，站起身。第一反应自然是夺门而出一去不复返，但很快我就注意到金三角不让我走。一方面我身体里还有对巧克力的渴望，另一方面我想让杜塞尔多夫领教一下到底谁说了算。我走过去，攥住魔鬼金三角。你是我的，我想。而且我也他妈费了老劲了。当我把那块大得离谱的巧克力夹在胳肢窝下面的时候，立刻感觉良好起来，想要往客厅里迅雷不及掩耳地瞥上一眼，亲眼看看一个老头坐在那儿干一件拼装德国斯泰尔 1500A/01 型军用车模型这样孬的事到底是怎样的惨状。而且我也从没见过客厅什么样子。我总是直接穿过院门下地窖就开溜了。

我朝拐角移动，一声不吭，以猎人和采摘者惯用的方式，但这次所有频率的信号接收器都打开着，客厅里一有动静我就能在杜塞尔多夫缓过神之前溜之大吉。我朝里张望，看见在一张摆满模型工具的大桌子跟前杜塞尔多夫专注的背影。我把视线往房间里延伸，目及的一切让人意外到了几乎震惊的地步。杜塞尔多夫的客厅就是个战场。名副其实。他的客厅里正上演着一场战役。有五六十平方米。我的战争知识并不丰富，但我还是马上几乎肯定地认出这个战争场景来自二战。杜塞尔多夫客厅里的场景中的色彩和图案都和我迄今为止脑子里想象的二战场景吻合。杜塞尔多夫在他房子最大的房间里建造的景观，丰富的细节展示着真实，以及它迷人的疯狂。它包含了一座小城及周遭。我看到公建、住宅、铁路线、开阔地，江流或运河对岸，沿着客厅的大窗户有一些农庄。还有树、路灯、消防栓，所有真实世界中有的设施杜塞尔多夫客厅里的非真实世界中都有。这无疑是一座真实城市的复制品，我想。这就是它曾经在二战中的样子。城市中逡巡着士兵。他们站在屋角、火车车厢和其他交通工具里，以及许多别的地方互相射击。是冬天。到处都是雪。模型雪，但已经相当逼真。车辆在雪地上留下辙迹。到处都是尸体和伤员。这是封冻的二战一景。我心里知道，所有细节都与曾经充满这座城市的现实完全吻合。坦克车、供给卡车、士兵，以及其他一切涂装的方式都告诉我这一点。残碎的墙灰掉下来，沿墙角堆成堆。烧毁熔化的车骸躺在那儿掩护荷枪实弹的士兵，他们有的举着枪，有的只是坐在那儿养精蓄锐。一辆拖着巨炮的火车头脱了轨，有人努力用一架吊车让它复位。我目测这儿有一百多辆交通工具，外加三四倍数量的士兵。建造这些一定经年累月，我想。杜塞尔多夫用自己生命中的数年时间重现了这个二战中的冬日场景，我想到的是：崇敬。

不好意思，我站在那儿端详着模型场景几分钟后平静地问，这是什么？

杜塞尔多夫转身面对我。他看看我，看看傻乎乎地从我一侧的胳肢窝下面插出来的金三角，之后他又把目光转向自己的战场。

突出部之役，他说，1944 年 12 月。更精确地说，从那年的圣诞夜开始。城市名叫巴斯通。我父亲是那天死的。他是开着这样一辆车被射杀的。杜塞尔多夫举起他正在拼的车。子弹击中他左边的太阳穴，当时他正开车去向曼陀菲尔将军[1]汇报战况。时间是两点二十分。早晨下过雪，一小时之后又开始密集地下起雪来。突出部之役结束之后就没有人

1. 哈索 - 埃卡尔德 · 冯 · 曼陀菲尔男爵（Hasso-Eccard Freiherr von Manteuffel，1897 年 1 月 14 日 -1978 年 9 月 24 日），德国军事家、政治家，第二次世界大战期间为纳粹德国军事将领。

再相信德国还能翻盘了。战争大局已定。

杜塞尔多夫又坐下。他继续涂装起车某处的一个小部件。

我又看向场景。画面中，或场景中，或不管人们现在怎么叫它，教堂和火车站的大钟都是将近两点二十分。杜塞尔多夫在建造自己父亲的死亡。即将发生和已经发生的一切，我注意到正是这一点让我感触颇深。他重构了一个即将发生，同时又已在数十年前发生了的事件。

我很遗憾，我说。

没事，杜塞尔多夫说，很久以前了。我从没见过他。但这个时刻，我和他幸存的朋友聊起过。他们说是两点二十分发生的。他死的算是什么时刻！这算是什么该死的时刻！

或许并不那么重要，我小心翼翼地说。

我想你错了，杜塞尔多夫说。

好吧，我说。

杜塞尔多夫继续上色，我觉得溜回森林的时刻迫近，但我却没有走，而是让我自己惊讶地说我父亲也死了。

对了，我的父亲也死了，我说，他是今年春天死的。

听上去很伤感，杜塞尔多夫说，他是个好人吗?

我不知道，我说，我并不非常了解他。但他活着的最后几年都在给马桶拍照。

我不知道这算不算好。

我觉得听上去挺好，杜塞尔多夫说，你不该让他死。

是的，我说，我不该让他死。

我得到一杯雪莉酒，坐在杜塞尔多夫的模型桌对面，看着他上色。他用镊子举着后车轴上的一枚塑料小配件，用一把小刷子刷着泛白的绿色。他告诉我他的父亲在战争第一阶段时驻扎挪威。就在这里，奥斯陆。他邂逅了杜塞尔多夫的母亲，和她跳了几场舞之后，偷偷藏进树林里，让她怀上了孩子。之后他被调回家乡，1944 年深秋又辗转去了比利时。他成了一名优秀的长官，德军需要最优秀的士兵参加突出部之役。这次战役被认为是扭转不利战局的最后机会。他祖籍是杜塞尔多夫[1]，自从几年前挪威起名规范放宽以后，杜塞尔多夫就选择使用这个名字。他很为自己是德国军人的儿子而自豪，他说。并不是因为纳粹有什么好，而只是单纯因为这个事实本身。我的父亲是位德国军人，他说，这是不可

1. Düsseldorf，位于莱茵河畔，是德国北莱茵 - 威斯特法伦的州首府。

动摇的事实。但我没有理由相信他比其他士兵更坏。恰恰相反，我有理由相信他只是个普通的年轻人，和其他几百万普通的年轻人一样，必须为出生在某个既定的历史时刻承担后果。既然我从未见过他，我就决定纪念他一下。我建造了这个场景来纪念他。这花了我六年时间。自从我老婆去世。她入土的同一天开始。我无法在她面前提起父亲。她不会愿意听的。我不得不总是装出若无其事的样子。关于母亲我也守口如瓶。我知道分寸。总有比一个女人怀上占领自己国家的德国士兵的孩子这件事更吸引人的话题可聊。直到我母亲死后，我才找到父亲的信，另外还有一封来自他的下属，信中告知他的死讯，以及事情的经过。所以我的母亲和老婆死了以后我就可以随心所欲，而我就想纪念我的父亲。我就快成功了。我经常想，这辆军车搭完的时候，我再完成我的父亲并上好色，我把他们放到整个模型中正确的位置以后，我就往我的脑门上打上一枪。有时候我想就在家里了结，但有时候我更想去巴斯通，在我父亲死去的地方下手。反正我也知道在哪儿。

杜塞尔多夫站起身，手里仍然拿着夹着塑料配件的镊子和刷子，走到战争场景边，指了指某处十字路口。就在这儿，他说，这里这个人，是他写信告诉母亲的。他指着残墙边一个跪着的小人。他叫莱纳。不错的家伙。他鼓捣模型飞机。他死了有三四年，之前我见过他几次。

杜塞尔多夫坐下继续上色。

但整个想法总有些讨厌的地方，他过了一会儿说，很可悲，也不算独特。所以我也不知道。再看吧。你怎么样？

挺好，谢谢，我说，我挺好的。我和一头驼鹿一起住在森林里。离这儿不远。我有个帐篷。

他看看我。

我能问你为什么住在森林里吗？他说。

我不喜欢人。

这没什么可说的，他说，放下刷子向我伸出手。

杜塞尔多夫，他说。

多普勒，我说。

国家队迎战西班牙队的前一天我老婆到帐篷里来找我，她说她需要休假，她和她的女朋友一起订了罗马的长周末。

罗马，挺好，我说着，脑子里飞快地出现了一连串画面：万神庙、竞技场、红衣主教们一边荒淫无度一边思考着女人是否有灵魂的问题，当然还有尼禄大帝，他杀了身边所有的人并任由整座城市化为灰烬。他肯定也不喜欢人。

十二月去罗马，我说，不冷吗？

不冷，我老婆说。

好吧，我说，好主意。那孩子们呢？谁照顾他们？

你照顾他们，她说，娜拉的班级周四要开家长会，格雷古斯周五得带水果去幼儿园。

水果？我说，我到哪儿去弄水果？行不通。我有个帐篷要管。另外还有一头小驼鹿。

我不是来问你的，我老婆说，我是来通知你的。不管行不行得通，这是你必须做的事。

我们的女儿当然得叫娜拉[1]。我老婆是个易卜生痴，对于戏剧来者不拒，她完全没有标准，看什么都好，认为什么都好。她认为这出戏好就因为它是出戏，因为戏剧就是好，我们的女儿就得叫娜拉因为娜拉代表了我们最早的妇女解放意识。对我来说她叫“建筑大师索尔尼斯”[2]都无所谓。但当时我什么都没说。当时我太聪明了。我们俩都认为娜拉完美极

1. 挪威戏剧大师易卜生作品《玩偶之家》中的女主人公。

2.《建筑大师》，易卜生的另一部戏剧。主人公名为索尔尼斯。

了，虽然我老婆的“认为”肯定比我的更完美一些。

现在你成了娜拉，我不假思索地说。

你说什么？我老婆问。

你离开男人和孩子，我说，你成了娜拉。

不，你才是娜拉，我老婆说，你一年半之前就抛开一切了。

我才不是娜拉，我说，我是非洲。

有病就得看，我老婆说。

对了，你还好吗？我试着问，吃得够多吗？身体都好吗？

有病就得看，她又说了一遍。

我老婆走后邦果生了很久的闷气。我猜他可能是吃醋了。他把我老婆视作情敌，这大概也是事实。但老婆和伙伴是有天壤之别的，我解释说。我和她结婚了，所以必须和她保持关系，当然我也喜欢她，我说。但我和你是朋友，我们永远都会是朋友，我会跟你说许多我永远不会对她说的话。别害怕，我一边说一边顺他的毛。

你和我，邦果。

我听见宇乐沃球场传来国家队和西班牙队比赛的声音。

好奇心驱使我爬上山坡，试图窥看一下比赛现场，但我只看见一丝跑道和一边球门的一小角。我看见有球进门，从声音中可以判断这并不对挪威有利。之后我两次听见同样的声音，明白比赛已经结束。好吧，挪威队去不了葡萄牙参加欧洲杯了。这跟我们又有什么关系，你认为呢，邦果？我说。搞清邦果的想法不太容易，真的很难知道，他把底牌牢牢握在胸口，关于他对国家队教练山姆的真实想法滴水不漏。就说说你喜不喜欢他，我说。但他只是沉默。你觉得他是个光芒四射的万人迷还是应该直接去死？我说。没有回答。那我宁可相信你认为他应该去死，我说，我说错了你要纠正我。有点吓到我，我说，你表面上那么善良、温柔、友好，但心里却藏着这么重的怨念。你得反省反省，我说，我们都得反省反省。我就两边都反省着呢。但你整天这么诅咒国家队主教练山姆，这让我有些惊讶。说你不怎么喜欢他还比较容易理解，但要他去死……

好吧好吧，为什么不呢，你自己最清楚了。

我到最后一刻才去幼儿园接我的儿子。一整天我都忧心忡忡的。我该对他说什么？我该怎么解释最近半年里我都住在只有三四公里远的地方，却从来没和家里联系？我选择了森林。我选择了安静地和驼鹿们一起留在森林里，而不是回家和他、姐姐，还有妈妈在一起。我选择了森林，而不是工作，或者比方说去时髦俱乐部[1]购买一打卷筒纸和特大瓶装的令特舒[2]，这样全家的小腹每时每刻都能得到无微不至的关怀，另外还有打折的乐高、落水管清洗剂、高压水管和出门时的热狗。格雷古斯爱死时髦俱乐部了。但现在我的会员卡肯定过期了，我还选择住在森林里，再过一小会儿和他见面的时候我就得跟他解释。我选择了森林而不是时髦俱乐部，以及所有和家人住在挪威首都就必须去的地方。这当然是三岁的孩子难以理解的，或许他已经四岁了，我意识到他已经四岁了。住在森林里的日子如白驹过隙。但是他还是不会理解。还会半夜醒来问我们是不是就要去时髦俱乐部的他仍什么都不懂。我站在幼儿园大门口的时候还想着，解释是个大麻烦。

其他孩子都被接走了，格雷古斯见到我的时候哭了起来。幼儿园阿姨认不出我，我也认不出她。她要我证明身

---

1. Smart Club，挪威会员制连锁超市。

2. Lactacyd，女性卫生护理品牌。

份，这个我做不到，因为我早就不带身份证了，但我还是那个老好人多普勒。她要是想听，我可以讲给她听去年圣诞节晚会上的趣事。格雷古斯还在号啕，尾声是我拿出把刀来打算刮胡子，但幼儿园阿姨拦住我，并且给我老婆打了电话，电话中我得知她正在去万神庙的大巴上，她一边坐车穿过罗马古老的街道一边证明：我留了胡子，而且邋里邋遢跟野生的似的。

格雷古斯冷静下来，我一边领他往家走一边试着问些关于幼儿园寻常事务的正常问题。而他，就想知道我为什么看上去那么奇怪。我说了实话，我现在暂时住在森林里的帐篷中，我留胡子只是因为这样比整天刮胡子来得方便。我还说几年后他也会长胡子，但他只当我胡说八道。

我们在家见到了娜拉，她对我模样的反应也很大。我说我想把格雷古斯带回帐篷去，让他和我一起留在那儿直到他们的妈妈从罗马回来。当然也很欢迎她加入，虽然我知道这大概是她这辈子最不愿意干的事。她像我预料的那样拒绝了。她要完成一个关于托尔金的作业，她想用整个周末来润色。我注意到她的聪明，并试着鼓励她别学习了，应该搞个聚会。想想你能办个多欢腾的聚会呀，我说，独自在家，万事俱备。你能邀请整个学校，我说，彻底放松，让大家抽烟、搞破坏、跳舞，尽情开心。年轻的时候需要一点这样的聚会，我说，需要这样在未来一生中都可以挂在嘴边的聚会，它们决定了我们是怎样的人。以后回想起来一场疯狂的聚会远比作业成绩来得让人满足，我说。但这些话她不信。那总能搞个小聚会吧，我说，上帝呀，你好好考虑考虑吧，姑娘。整个房子都是你一个人的。这是多大的礼物呀。第二天你还能来帐篷醒酒顺便吃点鹿肉。她只是看妖怪一样看着我。

我希望你今晚没打算去参加家长会，她说。但我说我正是这么打算的。她妈妈让我去参加我当然得参加。有什么需要我特别提一下的吗？我问。你对老师满不满意？有没有得到足够的启发？来月经时停不停体育课？

她像看妖怪变身一样看着我。

你要是不去开会我会非常感激的，她说。

我去开会了。一是因为我老婆让我去，还有就是我不想之后听人说娜拉的爸妈对她漠不关心。家长会安排得非常聪明，让人于心不安。黑板上写着待议事项，课桌上贴着写有名字的纸条。我坐在娜拉的座位上，靠窗第一排，虽然这座位大概是十年前按照当时的条件安排的，但我还是有些绝望。我猜一定是娜拉觉得坐在这儿做最聪明的那个很棒。班主任——一个五十多岁的大妈——开始说这个班是她执教以来带过的少数几个成绩最好的班级之一，她列举了他们的课程，还说到了即将开展的去波罗的海的班级旅行。尽管这个班在大课间休息时卖瓦麸饼已经卖了一年多，但还需要每人出三千克朗。她知道钱收得有点多，所以也是自愿参加，但他们既要去塔林[1]又要去维尔纽斯[2]，这两个城市能学到的东西可不少，这我懂。这个地区的历史名胜相当丰富，能学到许多关于二战和苏联的知识，这样的旅行对如此优秀的班级来说犹如一座金矿，因为回来之后他们可以受益很久。他们可以写作文、画图表、制作拼贴，另外还能建立起与生活的联系。

提到了饮酒的问题，我举起手建议或许可以允许学生喝那么一点，但别的家长不同意。拜托，我说，就让学生放松一下嘛。让他们喝个不省人事，勉强在破晓时分摸索回旅

1. 爱沙尼亚首都。
2. 立陶宛首都。

馆。用保护我们自己的方式保护他们，这是帮了他们一个大忙，但我没有得到任何理解。相反，我觉得所有人都认为我的话闻所未闻，我就是个外星人。事情就是这样。到处都是自行车头盔和各种预防措施。反正我女儿想喝多少就喝多少，我不以为然地说，而别的家长全都把头扭向一边。

我还随口提了一句，我认为以物易物的经济模式应该列入教学计划。应该鼓励孩子交换物品和服务，而非一切花钱购买。这关系到地球的未来，我说。因为并不是人类拥有地球，我说，而是地球拥有我们人类。花花草草都是我们的姐妹，还有马、大老鹰，更别说驼鹿了，它们都是我们的兄弟。人们怎么能买卖任何东西？谁能拥有空气中的温暖和树梢上风的声音？树枝里的汁液储存着史前生命的远古记忆。潺潺的溪流浸润着我的父辈以及他们父辈的声音。我们必须教育我们的孩子，我们脚下的土地饱含着我们祖先的灰烬，地球上发生的一切即发生在我们身上，我们随地吐痰也就是吐在我们自己身上，顺便说一下，我说，既然现在我在发言，在座有没有人愿意用水果换点鹿肉？我从包里拿出两三公斤来，往课桌上一扔。都是好肉，我说，熏过的，好着呢。我只要换一把香蕉，还有其他适合幼儿园孩子的水果。直到我们出门之前都没人抓住机会。这时娜拉最聪明的朋友的父亲朝我走来，说他想要肉。他驱车带我去加油站买了一口袋各种各样的水果，然后送我回家。他指出我的模样变了，并且小心翼翼地问我最近在干什么。他肯定从他聪明的女儿那儿听到只言片语。我搬到森林里去住了，我说，我辞职并搬进了森林，因为这是唯一合理的选择。他点点头。森林很叵测啊，我下车的时候他说，小心点。你错了，我说，森林温和而友好。叵测的是海洋。还有山。但森林是可以预见的，几乎比其他任何地方都更不容易迷路。无论如何都不能信任高山、大海和人类，我说，但可以毫不犹豫地把生命交到森林手上。因为森林倾听并理解，我说，森林从不拆除，而是不断修复，让万物生长。森林明白一切并包容一切。

好吧，好吧，他说，反正你小心点就是了。

还是你自己小心吧，我说。

我进家门的时候，娜拉已经让格雷古斯躺下了，她自己坐在那儿看电视。一部纪录片，讲所有参加《魔戒》电影制作的人的生活是怎样紧密联系在一起的。如今工作结束了，他们非常痛苦地彼此怀念，有些人甚至很沮丧，失去了投入新项目中去的动力。看得出娜拉听了这话很难受。但听到演员们复述化妆车或影棚里的疯狂举动和美好对话，她还是会心地笑了。拍戏不总是莺歌燕舞。他们经常得破晓起床，为安装霍比特人的大脚站上几个小时，还有那个导演彼得，总是孜孜不倦地启发每个人，让他们觉得自己既聪明又重要，他自己同时背负着全世界托尔金迷的众望，要把伟大的故事用最炫目的方式呈现出来。彼得，一个无足轻重的普通人。他长得虎背熊腰，为人正直友善，天赋异禀却又平易近人。我肯定赶不上他。没有比导电影这种事更不适合我的了。我想象这样的人必须拥有玻璃般透彻的视野和经年累月呕心沥血披荆斩棘的能量，这样的人还要有能力组织一大批人发挥他们的最大潜质，哪怕他们对于全局完全不具备同样的预判能力。具有这样品质的人不亚于疯子。我要做导演演员们肯定恨死我，我也会恨死他们。我就是没法认真地接受这样的故事。不存在的怪兽之间的打斗。什么玩意儿！我会创造一种可疑且可恨的氛围，电影会变成可疑且可恨的电影。得不了奥斯卡。也不会有聪明的未成年人来排队买首映式的票。

《魔戒》或任何世界上的其他电影不是由我执导真是件大好事。人都很厉害，我突然意识到。人能做事。世界会继续在我身边聪明下去，而我的聪明到此为止。家长会怎么样？娜拉终于问道。

很好。我听说你们要去旅行，我说，带劲啊。

她点头，电视上丽芙·泰勒正在教精灵语。还挺难的，这下我们知道了。这是必需的。这不仅是一门无人使用的语言，还是一门只存在于一个勤奋的英国人天马行空的幻想中的语言。

精灵语是非常美妙的语言，娜拉说。

毫无疑问，我说。

可以表达许多别的语言无法表达的意思，她说。

比方说？我问。

比方说我爱你，她说，挪威语听起来装腔作势，英语又太一本正经，但用精灵语说出来就非同凡响。

这很有可能，我说，但你这个年龄的人几时说一回“我爱你”？我问。

这你就不知道了，娜拉说。

不知道，我说，所以我才问呢。

年轻人也能爱上别人呀，她没好气地说。

那能爱上谁呀？我问。

譬如男朋友，娜拉说。

哈！我说。

或者彼得·杰克逊，她说。

我的屁股都乐歪了。

我极不情愿地在家过夜。计划本来是趁格雷古斯入睡后用背袋背他到帐篷，但聪明的娜拉阻止了我。现在他们俩都睡着了，我有些心悸，想着可怜的邦果不知道我在哪儿。小驼鹿一定东蹿西跳寂寞难耐。他也进不了帐篷。他又没有手。驼鹿的能力是有限的，做不了精细活。

除了擅闯杜塞尔多夫家和仅去过几次宇乐沃体育场的易卡超市，我已经有六个月没在房子里待过了。完全没有怀念的感觉。我心浮气躁地到处转悠。往包里塞我用得着的工具和干货。看看电视，像以前一样一大堆精选网球赛、犯罪现场模拟、多少有点虚构的关于人们喧闹生活的纪录片。看电视成了收集我为什么不喜欢人的参考资料。电视本身关注的就是我们身上惹人讨厌的一切。那些在现实中已然让人难以接受的人类特质，一上电视更是昭然若揭。人在荧幕上就像白痴。在电视上哪怕是我也会像个白痴。

人类的一切我都敬而远之。

在森林里跌倒之前我都在家和家人们一起度过夜晚。我总是讨厌安排闲暇时的活动。因此几乎每个夜晚都守在家里。我们吃饭，看看儿童节目，让格雷古斯就这么坐在电视机前，然后翻翻那些多少有些让人受刺激的报纸，直到时钟告诉我们该是上网付账的时间了。总是有成堆的账单。电费和民用事业费，电话费、报费、水管维护费和幼儿园的学费，还有坚持为我们送六十四卷卫生纸上门的挪伯格网球俱乐部会员。我们喜欢这样。楼上的那些老人靠网球俱乐部组织维持着精神头。当他们交不出会费或没法保持积分的时候就开着车为邻居送卫生纸。这成了他们的工作。这样他们得以维持生计，而我们得到了擦屁股的纸。而现在，我面带一丝邪恶的微笑，意识到这是我最后一次付账单。我再也不需要支付一张账单。不管是网上支付还是其他方式。我要靠交换和偷窃在森林里生活。我离开以后，我的生命归森林所有。这就是我们的契约。

我在沙发上和衣而睡，不一会儿就被门廊里的响动吵醒。门锁簌簌作响。我着迷地从沙发支起身，倾听学习着这项技术。过了几分钟，并没有发出大动静，一个男人闯进房间。他开了一支手电在屋里摸索。过了很久他才看见我。

晚上好，我说。

他吓了一跳，但马上镇定下来。

好吧，他说，你不必害怕。我不使用暴力。我立刻就走。看，我现在就走，他说着就朝门廊走去。

进来吧，我说着，走进厨房烧水煮咖啡。

咖啡？我喊。

谢谢好意，他说，但我不知道。我大概应该继续赶路。

跟我一起坐会儿吧，我边说边伸出手。

我叫多普勒，我说，安德雷亚斯·多普勒。

我看得出他认为情况不妙，但最后他还是伸出了手。

罗格，他说。

只有罗格？

姓我不太好说，他说，但大家都喜欢叫我铁人罗格。以前我跟铁打交道。

厉害，我说。

你知道我是干什么的了？他问。

知道，我说。

那你也不防着我？他问。

也就跟防着大多数别人一样。让我看看你进门用的工具。

他拿出一串大小不一的撬锁器，挂在大一点的钥匙环上，钥匙环又挂在一个可伸缩的滑雪登山扣端头，就像阿尔卑斯山上滑雪缆车里常见的那种扣。这是个在外熬过冬夜的家伙，我想。

咖啡里加东西吗？

不用，谢谢，他说。

要不要来点口味更重的？我问，并希望地下工作间里的那瓶工业酒精还在。

工作的时候不喝，铁人罗格说。

别闹了，我说，拉倒吧，去他妈的工作。可是特纯的好东西。

他看看表。

那就来一点点，他说。

工业酒精还在老地方待着，我给我们俩都斟上。

那你就在外面偷东西咯，我说。

是的，罗格说，我喜欢这片区域。很多值钱的玩意儿却没什么警报器。再上去就是老保守们的地盘了，到处都是警报器，但这里的人都投社会主义左翼党的票，他们泡在钱里的同时相信人性本善。对我来说这种组合真是求之不得。你住在这儿？他问。

怎么可能？我说。

那好吧，他说，但你在这儿过夜？

正是这样，我说，我以前住在这儿。我老婆和孩子仍住在这儿。

离婚了，他点头说，很遗憾。我完全理解。

没有，我说，我们还结着呢，但我搬到森林里去了。我和一头小驼鹿一起住在帐篷里。

哦，他说着又看看钟。

我又斟上咖啡和工业酒精。

说说你的职业，我说。

没什么可说的，他说。

这我不信，我说，你穿墙入室盗窃财物，一定有许多可说的。

这个嘛，他说着呷了口酒，我试着干得干净漂亮。我会事先做好调查，只去我知道有油水的地方。不碰私人物品。不搞破坏。我知道家里被贼搞得天翻地覆有多糟心。我认识这么干的人，但我自己从来都跟这样的行为保持距离。对了，我抽根烟没事吧？

尽管抽，我说，老婆在罗马。

我又沏上一壶咖啡，拿来烟灰缸，想再给他斟酒。

不知道我该不该再喝了，他说，我开车。

你就叫个出租车吧，我说，就一次。明天再来取车。地铁坐到宇乐沃体育场，过天桥。很方便。

是呀是呀，罗格说，那就来吧。

那钱呢，我说，我猜你都用来嗑药了吧？

你这就没劲了，罗格说，你把所有入室盗窃的贼都一竿子打死了。我不碰毒品。和你一样，我也有家。但我命不好，没受过什么教育，简历上也没什么亮点。而且我也不愿意听人使唤。我能找到的工作不多，找到的我又不喜欢。我还试着避免有压力的环境。除了自己动手自力更生我也没什么别的选择。我干得还挺开心。挣到不少零花钱。大部分人都能得到保险公司的赔偿。

事实证明罗格是个很棒的小伙子。他教了我一点撬锁的技巧，以及其他入室绝活。我们喝得越多聊得越欢我就越喜欢他。工业酒精喝光的时候我们发现彼此还有不少共同的兴趣爱好，特别是对自由、森林和大地的向往。谈到信仰罗格一直认为自己会像父亲一样患上前列腺癌，他说这个他不喜欢，但他不久前在哪儿读到说，男人要是每个月射上二十到二十五次，患病的风险就能大幅降低。所以他总是“到处留精”，而且他还发现他特别喜欢射在那些本来不是用来挨射的地方。实际上什么都成，他说，书和杂志、陶器，什么都成，最好爱人还能在一边看着。罗格在他公寓里射得到处都是，她还照样笑嘻嘻。

天快亮的时候我问他看上这房子里什么东西了。

你们有一套翩美[1]组合音响，他说。

没错，我说。

翩美好东西啊，他说，瑞典最优质的高保真。

你打算整套都顺走？我问。

是这么打算的，他说，车就停在拐角那儿，我想搬个两三趟也就搞定了。

1. Primare，瑞典顶级高保真器材品牌。

扬声器也要？

是呀，他说，Audiovector 也是好东西。丹麦品质。周围好多人都有北欧生产的高保真设备。这都是钱呀。你自己想想，在我们这种国家，以我们的工资水平生产这种质量的产品成本多高。肯定贵呀。但一定很好。因为你们现在听巴赫还是什么玩意儿来着，用亚洲的产品肯定不够爽。就是差那么一点。你们就想要那么一点额外的。这么着几千大洋就哗哗地没了。

你最想要哪个设备？我问。

当然是那部 CD、DVD 组合播放器了，他说。

拿走，我说，反正你一晚上的工作也被我搅了。因为我你颗粒无收了。你就把它拿走吧。

不行，他说，你太客气了，我不能要。

能要，能要，我说，拿走吧。我老婆喜欢听广播，所以这个我不太好送你，听广播离不开功放，要是没了扬声器就更荒唐了，但 CD、DVD 播放器你尽管拿。要是你能连我儿子的 DVD 收藏一起统统拿走我就更感激不尽了。品种齐全，有《巴布工程师》《企鹅家族》《天线宝宝》《火车头托马斯》和许多其他精品。我保证它们能启发任何一个现代儿童。你大概也有孩子吧？

我有两个，罗格骄傲地说，还告诉我他们的名字并从钱包里拿照片给我看。

好样的，我边说边找来 CD、DVD 播放器的包装盒，以及保修单。

我给罗格描述了一下我帐篷的位置，他保证他会上山看我，他走后我就站在阳台上冲出租车挥手直到它拐弯离开视线。

不久格雷古斯就醒了，像往常的早晨一样，在去幼儿园之前下楼看动画片。

很遗憾，格雷古斯，我说，今天没有动画片看了。半夜来了个贼，把 DVD 播放器和你所有的动画片都偷走了。

他当然哭了起来，他还坚持要我打电话报警。我毫不犹豫地拎起电话，用夸张的动作假装拨了报警的号，让格雷古斯听明白对话内容。他们没有捉到贼，但他们派出了大队人马，我挂上电话后对他说，我认为这个贼是个好贼。有点像豆蔻镇的强盗[1]。心地还是善良的。就把DVD播放器给他吧，

1.《豆蔻镇的居民和强盗》，挪威著名童话，作者托尔边·埃格纳。

我说，他一定比我们更需要它。你可以开始攒钱买个新的，我说，你很快就长大了，那些动画片也就过时了。别垂头丧气的了。把这一切看作希望，就像打开了一个出口。就是那个梦，我说，某个早晨以我不知道的方式钻进我房间的梦。[1]就是现在，格雷古斯，我说，就是今天。

我把格雷古斯和水果送到幼儿园之后，一路小跑回森林，让邦果看看我。他浑身湿透筋疲力尽地躺在帐篷外。我说这是不可抗力造成的，绝不会再发生，但邦果很失望很难过，一直执拗地赌着气，我在篝火边哼着从我们丰富的民乐宝库中精选的老歌抚摸了他一个多小时后才把他的毛捋顺。之后我们都睡着了，醒来时已经是下午，我们不得不赶在关门之前跑步去幼儿园。我既无暇也无心把邦果拴在森林边缘，所以他一直跟我到山下。我为迟到道歉的时候幼儿园阿姨眼珠直转，但我还是飞快地收拾起格雷古斯的东西，避开冲突优雅脱身，反正我觉得挺优雅。这位是邦果，我们和幼儿园之间拉开一段距离后我对格雷古斯说。他虽然是头驼

---

1. 出自挪威诗人奥拉夫·H. 豪格的《就是那个梦》。

鹿，但并不影响他成为我的好朋友，所以也是你的好朋友，我解释道。他们很快就融洽起来，格雷古斯和邦果。他们智力年龄相当，我们沿着山坡向上的时候他们就在森林里东躲西藏起来。格雷古斯累了就坐到邦果背上，我在前面用根绳子牵着邦果。从远处看我们大概就像个《圣经》典故。约瑟夫、一头样子有点奇怪的毛驴和一个稚气未脱的小不点马利亚。

格雷古斯像他父亲一样，天生就是个森林之子。他骨子里就是。狩猎和采摘本能深深地扎根在他的血肉里，就像在我的血肉里一样。我们用大签子串肉烤着吃，一人一边惬意地靠着邦果，但快到儿童节目时间时，我注意到他的身体开始抽搐。他没有表，也不会看表，但生理上的反射还是紧紧地伴随着他。我什么都没说，儿童节目开始又结束，格雷古斯也不知道开始了什么结束了什么。不安终于消退，他跑出去和邦果在帐篷外玩。他在黑暗中搜集坚果，我听见他在讲话，感觉就像他们一起在搜集坚果，虽然邦果什么都搜集不了。快睡觉前我们玩了一把动物翻翻乐。邦果自然是输了，我考虑了一会儿要不要让格雷古斯赢，但想到轻而易举的胜利可能导致聪明的萌芽，所以最后我赢了，并且为了加深印象，我特别指出我赢了，他没赢。然后他在篝火边我的睡袋里睡着了。我坐了一会儿，在火焰的映照下端详着他，快乐地想着，我还是很喜欢他的。我喜欢我的儿子，并且可以容忍他的个性。

第二天早上我听见帐篷外有动静。我带着邦果钻出来，看到一个保守党支持者穿着休闲短裤牵着狗。他怒气冲冲地瞪着帐篷。

你知道，你不能在同一个地方连支三个晚上的帐篷，他说。我知道，我说。

我看这个帐篷好像已经支了很久，他说。

大概吧，我说，既然我们现在正说着话，我希望你下次别打这儿过了。

这你没法强迫我，他说。

当然不能，我说，我只是强调一下要是你下次再出来遛弯能绕个道的话我会很感激的。

我们走着瞧，他说。

是谁呀，爸爸？格雷古斯在帐篷里喊。

只是个老保守，我说，继续睡。

我敢肯定我会再经过这里的，那个人说，我会记下今天的日期。

今天几号？我问。

十二月十三号，他说。

我条件反射般地唱起了歌。年复一年的幼儿园和学校课程安排在我身上留下了深深的烙印，一听到日期我就忍不住唱起歌来。

看晚星多明亮，我轻声唱道。闪烁着金光。海面上微风吹，我继续唱，格雷古斯的声音从帐篷布幔的另一侧加入进来，碧波在荡漾。在银河下面，暮色苍茫，甜蜜的歌声，飘荡在远方。在这黑夜之前，请来我小船上。桑——昂塔——啊露——呜琪——咿亚。桑塔露琪亚[1]。我们把所有主歌段都唱了一遍，歌声才落定，老保守就发话了，要是帐篷继续在这儿出现两天他就给略文秀打电话。

圣诞情歌显然没能打动你，我说。

你跟略文秀一定很熟，我说。

是的，没错，老保守说。

但谁拥有我们呼吸的空气和森林里的树？我问，谁又拥

1. 意大利那不勒斯民歌，颂赞那不勒斯湾桑塔露琪亚地区的优美风景。歌曲传到瑞典后成为光明女神圣露琪亚的颂歌，每年 12 月 13 日北欧光明节时集体吟唱。

有小溪里的水和鸟儿的歌声？作为这个国家的合法居民，既然我愿意，难道我没有权利在森林里小住一阵？

这片森林不行，老保守说。

你是制度的保护人，我说，而我是人民公敌。你要保持，而我要破坏。你要循规蹈矩维持现状，而我要结束这一切。你有一条狗，我有一头鹿。你要买，我要换。你看我们的分歧显而易见，我说，你大可以带着你的狗来这儿恶心我，但你要知道我不喜欢你想问题的方法，我不喜欢你的穿着，我不喜欢你的狗，我最不喜欢的是你嘴角扬扬自得的淫笑。这是巨大物质财富提供的安全感和长期支持保守派造就的淫笑。我不仅不喜欢，简直是忍无可忍，现在你可以走了，我说。

他走了。但他一步三回头，为了让我留神最后没说出口的话：几天后他会回来查看帐篷是不是还在。哟喂，我好怕呀，我捏着嗓子学娃娃音喊道。突然想到，要是在半年前一个如此体面的老保守对我质疑一定会让我深思一下错误是否其实在我，但现在，在这崭新的森林生活中，这对我一点作用都没有。我觉得自己无懈可击。虽然老保守和他的生活圈子无疑充斥了这个国家的立法者和执法者，但他还是动不了我一根汗毛。因为我已经踏进了森林，这里有别样的规则。这里不再是奥斯陆或者挪威，而是森林。这里即是自己的国度，有自己的小逻辑，老保守和他的朋友们尽管去统治国家的其他地方，互相买卖汽车、船只和房产，并在邻居纠纷的法庭辩论中互帮互助，他们可以猎杀彼此的驼鹿狩猎配额，表彰彼此的狗，雇用彼此出国留学或旅行归来的子女做实习生或助理经理，但在这儿他们说什么都不顶事。森林可不会吃他们这套。它对他们一视同仁。在这儿他们动不了我。

你为什么要住帐篷？我们在篝火旁吃早饭的时候格雷古斯问。

我也不知道，我说，但我知道我必须离开。我得一个人待会儿。已经很久没有这样了。

爷爷一死你就走了，他说。

没错，我说，他是我的爸爸，就像我是你的爸爸一样，我不喜欢他死掉，我很难过。

爸爸不要死，他说。

你是对的，我说。

妈妈也不要死，他说。

同意，我说。

那人要是死了还会做梦吗？他问。

很遗憾，我说，没有梦。人就是完全不存在了。

会疼吗？

不会，我说，什么感觉都没有。所有动物、人和植物老了都会死。这不危险。

你和妈妈也会死吗？他问。

是的，我们也会，我说。

你们死后我还会继续活着吗？他问。

是的，我说。

但是，他说，我希望和你们一起死。

你能这样想很好，我说，但我相信等你长大以后就会有别的想法了。然后我们再回头讨论这件事。

这荒郊野外与世隔绝的生活在格雷古斯身上产生了良好的效果。我们久久地坐在篝火旁闲聊，别无他事可做。我们能听见城市传来隐约的嗡嘤。时不时驶过一列火车。哐当哐当，有点像我在电视里看到的加拿大列车。它们长得吓人，命运叵测地以几百英里的时速穿过荒原，往返海岸与海岸之间。最后我们出门试图教邦果做捡树枝的游戏，但他就是摸不着门道——不过说实话我也半斤八两，于是我们回到帐篷里继续无所事事，直到开始无聊。那种总得做点什么的欲望深深扎根在骨子里。蠢蠢欲动。只要人还忙活着，就万事大吉了，也不管活儿有多傻。我们对无聊总是避之不及，但我却觉得自己开始爱上了无聊。无聊被低估了。我对格雷古斯说，我的计划就是，一直无聊下去，直到幸福到来。我十分肯定，无聊的另一边有什么等待着我，至少是幸福的来临，我当然不指望格雷古斯也能感同身受，于是又是打盹、烤肉，几个小时之后，我们出门，寻找造弓削箭的合适材料。大概现在不是季节，但我听说，造弓最佳的木料是水曲柳，我就从一棵树上砍下两段还算凑合的树枝，我以为这就是棵水曲柳，当然也非常可能是别的品种，理论上木料至少得干燥上一年，但格雷古斯耐不住等这么久，于是我们直接开工，剥掉树皮，切除端头的树节，用几根邦果他妈的毛编了弓弦，在弓上扎紧。箭我也削了。尖锐挺拔。然后我们就在周围乱射一通。还朝天射。我们发现，这是我们俩共同的最爱。我们铆足了劲冲正上方开弓，然后留神别被下落的箭扎着脑袋。箭头在几米开外闷声扎进地里时真是太爽了。时间以这种方式飞逝，直到格雷古斯的身体又感知到了儿童节目时间的到来，开始抽搐起来。你看，爸爸，他说，我的胳膊在抽搐。哦，是吗？我说，为什么你要这么想？我不知道，他说。反正我是不知道，我说。

我们又射了一会儿，但我看格雷古斯完全丢了魂。眼睛像玻璃球一样无神且飘忽。他在和自己较劲，我挺替他难过。

是儿童节目闹的，我说，这就是你的胳膊抽搐的原因。你的身体在提醒你，该打开电视了。我就知道有事，格雷古斯说，可是电视在哪儿呢？我没有电视，我解释说，森林里安电视不正常。但我们可以去找个有电视的地方呀，格雷古斯说。不行，我说，只要你和我在一起就不需要电视了。我要看儿童节目，他说。这可不行，我说。但我想看，他又说。我看没多久他就得崩溃了，于是不由分说，一把把他抱到邦果背上，直奔杜塞尔多夫家。

杜塞尔多夫像平时一样坐在那儿搭模型，完全不知道几秒钟之内儿童节目就将遍布全国各地的电视机。我敲开他院子的门，把情况跟他一说，问他我们能不能进屋里看三刻钟电视。杜塞尔多夫说这没问题。邦果和格雷古斯小心翼翼地经过那座受战争洗礼的比利时模型城市，在沙发上团作一堆，卡通儿童节目的画面在显示屏上滚动着。格雷古斯跟着一起哼哼唧唧。我自己往杜塞尔多夫身边一坐。他还在搭那辆德国斯泰尔 1500A/01 型军用车，以及要出演他父亲的那个小兵人。

这看上去很花时间呀，我说。

问题是马上就快没时间可花了，杜塞尔多夫说，我从来就是个精准的模型工，但我现在达到的精度是前所未有的。做模型的时候我和父亲在一起。等我做完的时候就不能和他在一起了。我注意到其实自己根本不希望完成它。

或许你能再搭点什么，我说，你能再搭第二个二战场景。你能搭个你父母在奥斯陆约会的森林场景。

不，杜塞尔多夫说，我知道这以后我再也搭不了什么了，最多还有两三个礼拜我就完成了。估计圣诞节之前能做完。

你大概是想太多了，我说，不管怎么说，我们也只是在谈一堆塑料模型。

我没想多，杜塞尔多夫说，恰恰相反，我想的就是这其中的意义和它应有的分量。是你想太少了。

这有可能的，我说。

我们谈的不只是一堆塑料模型，他说，我们谈的是一场有史以来世界上规模最大的人类战争。我们谈的是几千万死亡的人，以及更多带着永恒的伤痕活下来的人，包括我在内。我们谈的是欧洲。可怜的欧洲。以及世界的其他地区。可怜的其他地区。我们还谈到了我的父亲。我们说到了他，杜塞尔多夫指着那个巨型显微镜下固定在自制支架上的塑料小兵人，他正极其精确地为它上色。制服上的扣子、从制服夹克里露出的一小段衬衣袖口、手指、指甲，一切都经过深思熟虑，涂上了自然的颜色。只缺一张脸。杜塞尔多夫父亲的脸上还没有颜色，我明白现在就该轮到它了。我决定他应该微笑，杜塞尔多夫说，这可不是什么简单的决定，因为一定有许多理由可以认定那天不应该微笑，但我就是觉得驱车穿过城市去给曼陀菲尔将军汇报战况的时候应该微笑，他应该微笑，因为他想到了自己的儿子，想到了我。他只见过我的照片，但他知道我的存在，就是我的存在让他情不自禁地暗自微笑。不能让它变成肆无忌惮的大笑，这很重要，因为这和他周围的环境不相称。但也不能变成暧昧的蒙娜丽莎的微笑，太晦涩。牙齿不能露出来，但微笑是不容置疑的。杜塞尔多夫说，他应该想到我就快学走路了，并且心里非常肯定战争即将结束。狙击手开枪的瞬间他应该正期待着和我见面。

这些都是杜塞尔多夫给他父亲的脸打底色时头也不抬地说的。

我明白了，我说，听上去是个不错的主意。

我也不知道这个主意错不错，杜塞尔多夫说，反正就这么定了。

好吧，我说，并且注意到厨房操作台上的一堆空比萨盒，估摸着杜塞尔多夫厨艺不济。对了，你吃晚饭了吗？

没有晚饭，杜塞尔多夫说。

要我做点吃的吗？我问。

谢谢你的好意，他说，但这段时间唯一对我胃口的只有比萨了，要是你愿意打电话叫一个来那就最好了。我不愿意为了这种小事停下手里的活儿。电话号码挂在冰箱上。要放甜椒和大蒜，但别加菠萝。我从来搞不懂菠萝和比萨有什么关系。这种组合真是祸害。你们自己也订一个好了，要是你们有兴趣的话。

我瞥了一眼沙发，格雷古斯和邦果都在那儿睡着了，紧紧地纠缠在一起，新闻联播闪烁的画面倒映在他们身上。他们享受了电视之夜欢乐的部分，轮到现在这些可怕的画面时就睡着了。

我想我们该回家了，我说。然后去厨房为杜塞尔多夫订了比萨。

之后我悄悄唤醒邦果，把他牵到院子里，接着我轻手轻脚地抱起格雷古斯，放到邦果背上。

你圣诞节干吗？我进去道谢的时候杜塞尔多夫问。

今年圣诞我绝对什么都不干，我说。

那你圣诞夜大概有兴趣过来和我共进晚餐吧，他说。

那我就不客气了，我说。

就这么定了，杜塞尔多夫说着挥手跟我们道别。

我们又以《圣经》里的造型朝帐篷走。我把我的外衣盖在格雷古斯身上，觉得自己这爹当得还挺称职，虽然中间放了个长假。我是这么觉得的。

第二天我送格雷古斯回去的时候，娜拉跑来递给我一张从一个叫精灵人名生成器的网站上打印出来的纸。她输入了我的名字：安德雷亚斯·多普勒，然后程序借助托尔金极其复杂且精确的语言逻辑，计算出我的精灵名叫瓦兰迪尔·缔维勒。听上去非常具有精灵气质。我说谢谢，并问她给我这个有什么特殊的意义。她摇摇头。她只是想让我知道。她想让我记住，我有一个精灵名字。好吧，我说，我记住就是了。

之后我就跟娜拉和格雷古斯，以及我刚在罗马度过精彩长周末的老婆道了别。她经历了古典文化的洗礼，买了些衣服和首饰，显然让她找回了一些生命的火花。衣服和首饰的意义总是惊人的。一件首饰出现在正确的时间可以改变一切。上帝保佑这些玩意。我老婆容光焕发神采奕奕，让我得以在当晚毫无愧疚地返回森林。格雷古斯更想继续跟我回帐篷一起生活，这我知道，但这他就别想了。如果我打算达成我的愿望，就必须单独和我的森林在一起，我想，虽然我也不知道我的愿望是什么。

周末你可以跟他待上一阵儿，我老婆说。

森林里不分周末和平时，我说，所以我的回答是不，最近不行。

我带着他上来找你，她说。

那你就等着脖子上挨一箭吧。

我与动机挣扎了几天。我百无聊赖地坐在篝火前削着箭，思考着我来森林里到底做什么，其间时不时慢慢梳梳邦果的毛，有气无力地哼哼几句。下山回家找格雷古斯的冲动打扰着我建立起来的良好节奏。现在又不平衡了。我想比起森林收了我之前的自己，我跨越了一大步，如果这种说法是允许的话。很矫情，却是事实。我去所有正常的地方做所有正常的事，就像所有奥斯陆的正常人一样，突然之间森林就张开了怀抱，把我给收了。它收养了我。而且正是时候。现在我意识到。我刚要开始憎恶并厌倦周遭的环境。我不是奥斯陆期待在自己的街头出现的元素之一。我无法散播积极进取的能量。我不是什么好处。无论对我身边的人、我的工作，还是对更广义的社会，以及指导它的经济框架来说。我正渐渐成为负担，这样我就会被淘汰。造化如此明灵，不等我造成伤害就会把我淘汰。真是个了不起的系统。千年造物与文化造就的精密机器可以轻易把我这样的人从队伍中剔除。我们被防患于未然。即将在脆弱的社会与常识幻象上扎孔的人民公敌必当除之而后快。比如扔进大海，或者发配到深山里，或者找个小黑屋关起来，或者像我这种情况：送到森林里。这种看起来像奖励似的惩罚最狡猾。

我在篝火前想着这些，以及更多。

这样的思考究竟有多少落实到现实生活里，我无从得知。甚至连人们认为理所当然的现实生活是否存在我也不知道。我能确信的只有面前的篝火让我温暖，还有一头叫邦果的小驼鹿躺在我脚边咕噜，如果驼鹿惬意的时候发出的声音也叫咕噜的话。

圣诞节到了。

我注意到午后比平时安静许多。山下城里的人们停止运动。他们到达即将度过接下来几个小时的地方并停留下来。这样的情况每年大概只发生一次。发生的时候从城市传来的声音就少了。城市某种程度上更温柔起来。它变得无害且驯良。它从我的手掌觅食。然后教堂钟声响起。此起彼伏。它们一阵接着一阵，邦果和我趁机交换礼物。他得到一顶我亲手用垃圾纸制作的礼帽。连垃圾纸都是几天前我经过垃圾箱时出现在那里的，纸如其名，我捡了回来，花了几个晚上的时间叠了一顶造型复杂的帽子。我自己也没有得到一整个世界。实际上我什么都没得到，但天可怜见，邦果是头驼鹿，我一刻都没有怀疑过能从他那儿得到一份神圣的礼物，因为他一定明白圣诞的意义[1]。你就是一件礼物，你，邦

---

1. 圣诞老人就是坐着驼鹿拉的车派送礼物的。

果，我说，别多想了。礼物就是你在这里，和我在一起。圣诞快乐。

杜塞尔多夫给我们开门的时候我注意到他的眼睛下方挂着巨大的眼袋，并且穿着两周前我见到他时穿的衣服。

噢，见鬼，圣诞节了。这是他说的第一句话。

他把圣诞大餐的事整个给忘了，但还是把我们让进屋里，尴尬而感动。他让我们坐到沙发上，自己钻进冰柜找出些野生黄莓，连保鲜袋都不摘直接扔进暖风烤箱。之后他慌慌张张地坐到钢琴前，想用一曲《赞美主耶稣》给我们和他自己助兴，但只是一片狼狈。

我想我们还是走吧，你好继续搭模型，没过多久我说。

你真这么想？杜塞尔多夫说，显然松了口气。

是呀，我说，看上去你正专心致志呢。

你说这话真有意思，他说，一语道破。是我父亲的脸。我想我确实专心致志呢。我快做到了。我找到了那种笑容，现在画到眼睛了。

我们俩一起来到架着支架的桌前，那个小塑料兵人还以同样的姿势固定着。一张父亲的照片放在旁边，很容易看出来，说杜塞尔多夫正专心致志一点没错。小人偶和照片上的人骇人地相似。

我无话可说，我说。

的确，杜塞尔多夫说，谁爱说啥就说去吧。

我为晚餐的事道歉，他说，我们新年再试一次。

也不是什么大事，我说，圣诞还多着呢。

希望如此，杜塞尔多夫说。

出门时我得到了仍没有完全解冻的黄莓。杜塞尔多夫还算清醒，居然记得在保鲜袋上系了根红色丝带，这样看起来就和礼物差不离了。

谢谢，我说，圣诞快乐。

也谢谢你，杜塞尔多夫说。

回到帐篷后我发现铁人罗格来过，并带了礼物。他写了张纸条，为那些 DVD 和播放机表示感谢。孩子们可高兴了，他写道。我打开包裹，发现一把万能钥匙，我吞了好些口水。这才叫哥们儿。剩下的圣诞夜都用来嘬半冻的黄莓了。邦果早早睡了，我一个人久久地坐在篝火前，想着杜塞尔多夫为如何纪念父亲树立了良好的榜样。我的父亲也需要纪念。尽管我不了解他。或者正因为我不了解他。他经过生命并独善其身。正像我现在做的一样。他只是在那儿。就像我只是在这儿一样。

如果我不纪念我的父亲，就不会有人这么做。我要建一座图腾柱作为他的纪念碑。我立刻清晰地认识到，这可能是我能做的唯一正确的事。我要用自己的双手亲自把它雕刻出来，并竖立在这片森林里。我用内心的眼睛勾描图腾柱的样子，慢慢进入梦乡。

新年前夕我们基本没出门。外面又阴冷又灰暗，雪还在空中等待。我大部分时间都坐在篝火旁削着一些五十甚至一百年前能在城里的集市上卖掉现在却只要十块钱就能在宜家买到的东西。大规模生产打断了易物经济模式的腿。它嘲笑着我这样的人。它拿我们当早点吃。但我不会罢休。我削啊削，边削边试着教邦果一些简单的词，但终于还是意识到他没戏。降低点标准的话一两个元音他还能做到，但辅音就连门儿都没有了。你要走的路还长着呢，邦果，我说，那是肯定的。但我会陪你一起走。这你放心。我会陪你一起走。

元旦前夜杜塞尔多夫的状态跟圣诞夜也差不多。区别在于这回他自己意识到了，在台阶上放了一瓶系着红色蝴蝶结的伏特加。我快了，从头到脚给小人上色的艺术家在一张小卡片上写道，并祝新年快乐。我心领神会，没有敲门，而是攥起酒瓶回帐篷，把自己灌个烂醉，然后去撒尿广场冲着整个奥斯陆打开水龙头，心里想着在新的一年里，我的目标是建个图腾柱纪念我的父亲，除此之外尽可能什么都不干。我再也不下山到人类文明中去了，去他妈的。既然我还站在这儿，我便开始大喊。我既是国王又是总理，我对我的人民发表讲话。亲爱的公民们，我喊道，我不喜欢你们。你们必须振作起来。你们必须抬起眼皮子，别再那么聪明了。还有你们这些老保守，快扔掉你们那些该死的狗，擦掉你们自以为是的微笑，你们必须开始易物。还有骑车。如果我们还想向前发展，就必须他妈易物加骑车。谁又能拥有树丛中呢喃的风和田野里的花朵？天线宝宝就该下地狱去，操，我卡壳了，我醉得跟不上新年讲话的思路。但是略文秀，我喊道，你必须把森林还给人民，因为你其实无法拥有它，没人能拥有森林。还有父亲，我继续喊，你走了，而我并不了解你，我觉得很孤独，我总是觉得很孤独，我把一切都抛开因为我和别人一样，是个蠢货，没人了解我，并且怕是有生之年都不会有人了解我。然后我放弃了，到最后就喊操，操，操，直到完全失声。

可怜的邦果都不敢认我了。像他这样的孩子在场的时候喝这么多酒是很不负责任的。我是他的监护人，而我尴尬地给他树立了个坏榜样。但喊一喊有好处。于是我继续喝酒大喊外加不着调，我想在邦果眼里现在的我就像个喇叭。跟我待上十分钟肯定受不了，但二十分钟并不像人们以为的那样效果翻倍，而是高出一百倍，三十分钟就是一千倍。分贝就是这么增长的。我一到新年也成了这副德行。让世界充满聪明、操蛋、信仰、希望和爱的新年。

但最重要的是森林。

一月

关于一月没什么可多说的。

外面又黑又冷，为了取暖我像个疯子一样玩命烧火。

新年做的头几件事之一就是续订我的牛奶。我包了一大块肉，放到我平时取牛奶的地方。牛奶是基石，支撑着多普勒倚靠的建筑。没有牛奶，他——也就是我——就一无是处了。但现在我的奶量还充足，只要有脱脂牛奶就有希望。

一过新年就开始下大雪，这让我从长期的不快中缓过来一些。我从自家车库里拿出滑雪板来，在野外横冲直撞地滑了一整天，寻找建造图腾柱的好木料。邦果跟在后头跑，虽然移动起来多了许多阻力，但他还是觉得雪很带劲。

一个美丽的夜晚，长达四米的帐篷顶撑折断了。外面大约零摄氏度，我们睡着以后雪就开始没命地下，帐篷显然不是为这样的天气设计的。邦果和我惊醒过来时帐篷布重重地裹在我们身上，我费了老大劲才找到开口钻出来。我把雪从布上清理掉，在小树林里砍了根新顶撑，重新支起帐篷。从惊吓中缓过来后，我们点上篝火，一直聊到心平气和，再次进入梦乡。

我终于找到了一根合适的图腾木料。但离帐篷有好一段距离。我把它锯下来，并让邦果担任“驮”鹿，花了十天才把它运回老巢。邦果累坏了，小可怜。他轻了好几公斤，晚上我踏上滑雪板去玛丽谷的农庄用我的背包为他装了满满一包草料。他怎么吃都没够。按驼鹿的寿命来算他应该到青春期了吧，我猜。这是个叛逆而敏感的时期，我们长谈多次。邦果屡次怒气冲冲地离家出走，幸运的是他每次都回来。

一次去玛丽谷时我顺了两把好斧子。我之前是有一把，但这两把几乎是全新的。实实在在的费斯卡斧[1]。据我目测，还是伐木专用设计。一把大一把小，肯定是哪个可怜的农夫圣诞节收的礼物。但这就是现在的生活。有人付出有人索

1. Fiskas，芬兰五金刀具品牌。

取。我不排除等图腾柱竖起来以后归还它们的可能。

一月的最后一天我突然想起来自己上次跟人说话已经是一个多月以前了。成效卓绝。一句可以对人说的话都没说。归根结底其实真不存在什么可拿来说的话，我就是活证据。我很自豪，今年开门红。

二月

我一整天都不停地哼着一首歌，就是想不起歌名来。我心情极好，愉快地把树皮从图腾树上砍下来。树皮在我围绕着大树马不停蹄地工作、哼歌、吹哨的森林里漫天飞。晚上副歌的片段才冒出来，我无疑是唱了很久才在一头冷汗下意识到，我念念不忘倒背如流的是《穿睡衣的香蕉》的主题曲。哪怕在森林里我都躲不过儿童文化的毒箭。就像一种疾病。通过听觉传播蔓延。只要稍许暴露在传染源中，就足以遭到病毒对脑部的无情攻击。几个月之内它都隐藏在那儿，患者完全察觉不到危险的存在，然后突然它就爆发出来，露出真实面目。余下的夜晚成了一场我和《穿睡衣的香蕉》之间的战争。我试图阻止歌曲入侵，但它却不停地反攻回来。

一旦我放松警惕就又哼了起来。我就像中了邪一样。就像我许多年前看过的一部电影，主角的手着了魔要杀他。最后他用一把电锯把它锯了下来。他用健康的手举着电锯，用嘴扯起拉线开关，把魔手锯了下来。

我用木炭勾勒图腾柱的草稿。最下方我要造个两米的基础，我想之后要埋到地里去。地面上方需要一个半米高的底座，之后是个大约两米高的蛋，其实是个节奏蛋，但这是用肉眼看不出来的，除非了解父亲的人，不过就像我提到的那样，没人了解他，所以也就没人能看出来。偶然经过的看客会以为这是个普通的蛋，这我可以接受。节奏蛋顶端坐着我的父亲，腿举到脸颊，双手伸展在两边。父亲的头顶上坐着我自己。骑着自行车。这是我一边画一边想出来的。自然而然地浮现脑海，我想为什么不呢？我要亲手雕出一个我骑车的形象，顶在我父亲头上。这得多美呀。我头上还得有个微缩的邦果，直立身子眺望城市。把这棵巨大的树怪驮到老巢之后，他当之无愧。无论如何他都当之无愧。就因为他是邦果。但在他实实在在地以自己几公斤肉为代价把图腾树搬到这儿来以后，他的加入已经不只是一种可能性，而是必须的。

两米基础加半米底座加两米节奏蛋加四米父亲加两米骑车的我加邦果。这就是大约十一米的图腾柱，九米在地面以上。开工。

既然这是我第一个图腾柱，我对需要花多长时间才能把它雕出来也没什么实际的概念。开始我以为几天就够了，顶多也就个把礼拜，但随着时间的推移，我把工期无限延长了，并意识到可能得搭上整个冬天和春天。在这段时间里，玛丽谷来的斧子成了我最亲密的朋友。我用其中的一把来打大稿，另一把精雕细琢。很快我就有了新的需求：铁爬梯和锉刀，以及为数不少的砂纸。邦果在这个阶段非常碍事。我雕刻的时候他不顾一切地绕着我打转。我试着跟他解释，他已经尽了本分。没有你我永远也不可能把这棵树弄回老巢，我说，你是这出戏里最重要的角色之一，你是头驼鹿不能摆弄工具又不是你的错。进化的火车行驶了几百万年。许多年前我们共同的祖先突然决定分道扬镳各奔东西。成为我祖先的那一拨儿拿起了工具，而你的祖先做了不同的选择。就是这么回事。之后可能会有人说风凉话，说他们本来应该做得更好，但这个谁又说得准，我就觉得不管怎么说你们驼鹿出落得还不错。我觉得你们干得不赖，虽然头开得挺惨。但邦果就当耳旁风。他觉得我站在那儿整天雕来刻去的太无聊，他要引起我的注意。他在图腾柱上跳上跳下，动作夸张而花哨。他还朝着树横冲直撞，试图撞断它们。消停点，邦果，我说，我知道你觉得这很无聊，但我要纪念我的父亲，这个你得接受。你也得纪念一下你自己的父亲或母亲。我不会阻止你的。而且我劝你别搞这些极限运动，我已经看到了苗头。最后有你哭的，或许更糟。每年有多少驼鹿或深陷泥沼或掉下悬崖就是因为一时大意。你只有这一次机会，我说，我不知道你们驼鹿信不信，反正我在这儿告诉你，要是你母亲给你制造了什么驼鹿有来世的幻觉的话，你还是死了这条心吧。这是瞎扯。你现在在这儿，仅此一次。找死并没什么了不起。你给我记住喽。

三周之后我终于刻出了底座和节奏蛋，看上去还挺像底座和节奏蛋的。我还挺佩服自己，要是允许说出口的话。在这个世界上，我不是最擅长使斧子的人，但是我多少做到了。每天晚上，美餐一顿邦果母亲之后——如今厨艺也渐入佳境——我都精疲力竭地在帐篷中睡去。

邦果开始自己外出散步。早饭后他喜欢在老巢附近先晃上几个小时，然后就走远，不到天黑不回家。他鼓捣些什么我也不知道，但我估计也就是一些普通的驼鹿俗事，不值得我牵肠挂肚。他一定也需要一些独处的时间，就像我一样。他肯定感到青春的叛逆冲动在体内撕扯挣扎，每天要在脆弱和坚强、诗意和庸俗的两极之间辗转几个来回。当然也会出现我难以帮他排解的问题。我可以给他一个安全的归宿，并让他知道有人爱着他，但他必须自己走出去遭遇这个世界。现实总是很残酷，哪怕对驼鹿来说。

一天夜晚结束工作之后，我带上邦果去看看杜塞尔多夫过得怎么样。说实话我有些担心。圣诞节见到他的时候，他的执着已经到了让人怀疑这一切对他来说是否健康的地步。结果无论如何都很难是肯定的。但他打开门的时候我发现，发生了许多改变，而且这些改变有让我大吃一惊的潜质。我几乎认不出他来。他穿着得体大方，房间一尘不染。1944年的村庄依然摆在客厅地板上，但堆满模型工具的桌子已经清理干净。他非常诚心地把我们迎进屋，并且三下五除二准备好了夜宵。

你看起来不错呀，我说。

谢谢，谢谢，杜塞尔多夫说。

你的父亲完成了？我问。

父亲？他问我，就好像我会提到他完全是件很奇怪的事。

上回看你画他的脸来着，我说。

哦，对，杜塞尔多夫说，你还记得，真有意思。我早就把这事给忘了。

这个回答不禁让我警觉起来。我不是人脑及其中迷径的专家，但此刻却响起了一枚小警钟，我注意到了。

出什么事了？我问。

杜塞尔多夫沉默了。他往思特莱斯椅[1]上一靠，有些恍惚。

或许我们该说些别的，他说，感觉已经是太久以前的事了。

这很要紧，我说。

好吧，他说，如果你这么说的话。

他闭上眼睛，好像在集中思想。

我画了，他说，我把我父亲的脸画完了。花了很长时间。

---

1. 挪威 EKORNES 公司出品的系列坐具品牌。

但画得和他一模一样。某种程度上那就是他。完全变成他的样子以后，我把他放到汽车里，把他放到街上。杜塞尔多夫对着地板上巨大的城镇模型点点头。我朝客厅转过头望去，他父亲坐在车里，看上去挺好。他正靠近那个命中注定的十字路口。市政厅的钟即将指向两点二十。即将发生并且已经发生。实际上是一幅非常震撼且清晰的画面。我挺敬佩杜塞尔多夫为他父亲做的一切。但看起来他好像因此消耗了不少心智。

还有呢？我问。

什么意思？杜塞尔多夫问。

你还做了什么？我问。

他犹豫片刻才回答。

我思前想后了一番，他说，但最后我还是去拿了手枪。我把子弹上了膛，躺倒在沙发上，把枪管塞进嘴里，但我没有扣扳机。我想反正也不着急，于是我就顺便打开了电视，因为遥控器就在旁边，我不用把枪管从嘴里拿出来就能换换频道什么的。我就这么躺着看完整个新闻联播，后面是《走遍挪威》。我已经很久没看《走遍挪威》了，所以就躺着把它也看了。你看《走遍挪威》吗？他问。

看过，我说，但也是很久以前了。

一定要看《走遍挪威》，杜塞尔多夫说。

是呀，我说，《走遍挪威》不错。

讲的就是我们这些人，杜塞尔多夫说，讲的就是你我。

就是这么回事，我说，讲的都是挪威人。目前为止还有挪威动物。大概特别想介绍一下挪威人和挪威动物之间的和谐关系。

还很温暖，杜塞尔多夫说，这是个非常温暖的节目。有什么特别感动你的地方吗？我问。杜塞尔多夫默默地点点头。

两个故事，他说。第一个，是一个芬兰女人，年轻的时候在南芬某处做过护士。第一个假期她决定徒步北上，去看看小时候课本上提到过的一座教堂。她把自己和教堂紧紧地关联在了一起，她认为教堂很美，一定要看看，于是便出发北上。最后一段路她决定坐大巴，她一个人在大巴上坐了很久，但这时上来个挪威年轻人，他问能不能和她坐在一起。虽然大巴几乎是空的，他却问能不能和她坐一起。然后他们开始聊天，就这样你一句我一句，最后她决定放弃参观教堂跟他回芬马克[1]的家，他们在那里结婚生子白头偕老一晃

1. Finnmark，挪威最北部的郡，位于北极圈内，与芬兰接壤。

五十年。节目中她又坐大巴回到了那座芬兰的教堂。这让她喜不自胜。她和她的丈夫一起。他们俩都还活着并相爱，如今她终于见到了这座如此吸引她并把她的生活变成现在这样子的教堂。我也不知道为什么会有这样的感动。杜塞尔多夫说，假装脸上没有挂下几颗微小的泪珠。

你做了那么多，我说，你累坏了。

没错，杜塞尔多夫说，但还是……

我明白他的意思。一集好的《走遍挪威》确实是种安慰。在这样的情绪下，是会爱上这些与自己抗争的、可爱而无助的人。节目里还说，只要是挪威人，奇怪一点也没什么。我们挪威人全是些怪胎。既然大家都怪，怪就是正常的，所以结论就是我们都没什么奇怪的。只是挪威了点。

那第二个呢？我问。

是个西部的年轻人，他说，他自学了全世界几乎所有国家的国歌。这件事本身就挺别扭的，但他周围的人都接受他这么做并觉得他很聪明。节目里他的同学们轮流从一个杯子里抽纸条，纸条上写着不同国家的名字，之后他就演唱国歌，用的是原版的语言，并且嗓音还有些奇怪，因此格外动人。这个男孩让我把枪管从嘴里拔了出来，卸了子弹，杜塞尔多夫说，之后我开始只向前看。父亲就让他在自己的海洋里遨游去吧。对他我也尽心了。总有一天我会把整个城镇都清理掉。但现在就这样吧。实际上我都在想要不要打电话给这个男孩，问他有没有兴趣今年夏天跟我一起去坐“海达路德”[1]周游全国。这样我们就能把这个狭长的国家尽收眼底，我还能学几首好听的国歌。我觉得这是个不错的机会，或许我不该只是想想就罢了。

要是我给《走遍挪威》打个电话，跟他们说说你的故事，你觉得会怎么样？我说。

杜塞尔多夫摇摇头，紧张地看着我。

他们一定会蜂拥而至，比任何时候行动得都快，我说，他们一定恨不得租个警笛。这会是一期完美的节目。一个不怎么轻松的德国孩子，如今用自己生命中一段不算短的岁月建造了这座模型，细节精准到几近苛刻，还原了1944年突出部战役中他的父亲在比利时这座小镇被射杀时的场景。不仅如此，《走遍挪威》节目还在一个阴暗的时刻救了他的命，结果他和一名前《走遍挪威》之星一起完成了一场美妙的挪

1. Hurtigruten，挪威著名游轮公司。

威“海达路德”之旅。无与伦比。要是再提一笔，你有个住在森林里的朋友，经常带着他的驼鹿来看你，就可以直接送到蒙特勒[1]拿奖去了。所有给电视节目颁的奖都是你的。但这不可能发生，我说，因为邦果和我不能上电视，但你应该能上，要是你愿意我就给他们打电话。

可以吗？杜塞尔多夫说。

只要你自己愿意，我说。

我想我大概是愿意的，他说。

那我就打，我说着站起身。我在电话簿上找到号码，让挪威国家广播电视台的总机给我转到《走遍挪威》栏目组。我给他们留了言，告诉他们杜塞尔多夫是谁，他做了什么他们可能感兴趣的事，以及明天一早他们来上班后上哪儿能联系到他。我没有添油加醋，只是实话实说，并且心里知道，说到故事，浓缩的总是精品，那些为《走遍挪威》工作的好人一定更清楚这个道理。

我继续雕刻。现在轮到我父亲了。我很快就放弃了把我

---

1. 指瑞士蒙特勒金玫瑰国际电视节。

父亲的图腾像做到形神兼备的念头。出来的是我父亲模式化以后的简约版本。本来就是象征主义。反正也比他的真实身材高大许多。坐着四米高相当于站直了八米，这身高是我父亲难以企及的。他身材普通，体形上完全没有过人之处。可以说，我把他放大了。我让他超越了自己。

一天早晨我们正吃早饭的时候，我听到帐篷外面有动静。我从缝里张了一眼，看到一条很眼熟的狗。是老保守的狗，我想，电光石火，那老保守也远不了。我一把抓起弓和一支好箭蹲到帐篷口。不一会儿我就看到了他在小树林里的轮廓。他去滑雪，并穿着星期天专用运动鞋——虽然今天不是星期天——背上还驮着个鼓鼓囊囊的包。

停下，你个老保守！我一边喊一边拉开弓。

他举起手说了句话我没听明白，后来我才知道，他说的是：我是来讲和的。但当时我没听明白，于是就选择把它理解成一句威胁，他大概马上就要给他的朋友略文秀打电话，提醒他我违了规，这样略文秀就能派他的爪牙来拆我的帐篷把我赶出森林。这一切不能发生。我不能接受。我正在树图腾纪念我的父亲呢，我必须同时保护我和我父亲的利益。我拉紧弓弦，又喊了一遍让他停下，但他没有停。

这下有你好瞧的了，我喊着，松手让箭飞了出去。很遗憾，事情过后我能这么说。我做了件不幸的事。因为箭头扎进了老保守的大腿，他倒在了地上。放个马后炮，我可以很轻松地说我不该这么做，但当时我很害怕，还很生气，于是就犯了错。这种做法在人类之间并不罕见。之前发生过，将来也还会发生。略文秀耳边一点风吹草动我就得从心爱的森林里滚蛋，还有邦果，还有图腾柱，永远滚蛋，这念头让我难以忍受，于是就射了他的大腿。其实我怎么都没想到我能射中。但我射中了，这下热闹了。他躺在雪地上，在下面的小树林里打滚。是我的问题吗？我想，脑子转得还算快，想明白是我的错，于是我就跑过厚厚的积雪，跟伤员取得联系。

我给你道歉了，我说，我以为自己射不中的呢。

他也没打算交流，也没打算谅解。他只是躺在雪地里用一种受到惊吓后的不快呻吟着。我摘下他的背包，拖着他回我的帐篷，让他躺到篝火旁。我把箭头拔出来，用伏特加清理了一下伤口，然后撕烂一件衬衣给他包扎。老保守一言不发，最后睡着了，我出门继续雕刻，留邦果和保守狗在那里磨合。我喜欢自己处理事情的无情方式。严格地说我应该联系卫生局，但我想到，我应该订个计划说服他让这件事止步在我和他之间。要是我把他撂到邦果背上直奔国家医院，事情马上就会变得复杂。在山下他们会对我刨根问底，结果可能是我要牺牲掉隐居山林的生活。难说执法者们会闻风而来，虽然我可能不是第一个失手射伤老保守大腿的人，但我心里知道不会得到同情和理解。

但幸运的是我们都是成年人，一定可以达成共识，只要让老保守再睡一觉，自己嘟囔一会儿。

晚上他醒了过来，向我伸手，自我介绍说他叫伯瑟·蒙克。伯瑟，我在嘴里品了品这个词的味道。听上去真是友好得要命。一定是保守派的阴谋之一，我想。他们给他们保守的孩子起好听的名字，这样他们的生活就会善待他们，尽管他们性情古怪并且腰缠万贯。

伯瑟喝了点水，吃了点鹿肉。我又给他清理了一遍伤口。并没有我起初担心的那么严重。伤口不深，看起来也没有伤到致命的神经或器官。他能自如地运动伤口附近的组织和肌肉。换句话说，这是一次成功的威吓。他被深深震撼了一次，但不会留下永久的创痛。

我不是来要求你搬帐篷的，伯瑟吃饱喝足后说，我来是因为上次从这儿回去以后的两个月里我想了很多。

是吗？我说。

你把我撵走后的第一天我非常愤怒，好几次差点直接给卡尔－奥都[1]打电话，让他来勒令你搬走，他说，但后来我仔细想了想，我发觉我越来越同意你的观点了。不管是你还是别的什么人，只要你们觉得在短期或长期内需要住进森林里，你们就理所当然有这个权利。

我很高兴你能这么说，我说。

你高兴我就高兴，伯瑟说，但这还没完。还有你说的那些物质造就的安全感，以及我扬扬自得的淫笑，我静下心来好好自省了一番，觉得是时候改变一下轨迹了。孩子们早就自力更生，不说满口话吧，我的大多数董事职能也都已经差不多闲置了。那些执行官的建议也都是顺水推舟，我们董事会上对彼此说的话在这十至十五年之内也说过上百遍了。长话短说吧，我试着劝我的老婆同意卖掉我们的房子，捐掉点钱，找件事情重新开始，但她认为这不是个好建议。她已经

1. Carl-Otto Løvenskiold，1953 年出生，略文秀家族的继承人，林主、商人。

扎根了，用她的话说。花园很棒，风景又好，这个那个说了许多，反正她不愿意。但过了几个星期，我感觉自己已经无法对此平心静气，于是今天早上我咬了咬牙，决定搬到这儿来住一阵子。我想就住你附近。这样或许还能有个聊伴，或者各方各面照应着点，我是这么想的。不知道你对此有什么想法。

这个，我说，我本来住到这里来就是为了离人远一点，我担心这儿人一多我这方案的质量就要下降了。但另一方面我又不能阻止你搬过来。这既是我的森林，也是你的。

是呀，不是吗？伯瑟说着，又昏昏沉沉地倒在了睡垫上。

我的森林，他迷迷糊糊地说着，再次沉入梦乡。

伯瑟睡着以后，我跳上滑雪板出去转了一大圈，来好好斟酌一下这新局势。难道我就不能一个人在森林里待着？一个迷茫困顿的老保守是我现在最不需要的。我走着走着气就不打一处来，当我遇到第五个顶着头灯锻炼身体的家伙时，我就爆发了。我一把把他摁倒在雪地上，扯掉他的头灯，以及挂在上面重得有些荒唐的电池板。这点电足够他顶着泛光走到北极的。这算什么事？我喊道，倒霉悲催的，都不能一个人晚上遛个弯想想心事不受顶着头灯气喘吁吁穿过森林的人打扰，我们活的这算什么社会？雪道和树我都看得一清二楚。你一定知道问题出在哪儿了，我说。运动员驯顺地点点头。那你肯定也知道为什么我现在必须没收这个头灯，我说。他又点点头。很好，我说，我不想再看到你顶着灯在这里出现。而且我也不喜欢你走这么快。从现在起你要放慢速度。我们一言为定？他点头答应。之后我帮助他站起身，拍掉他身上的积雪，最后我友好地拍拍他的肩膀，让他继续上路。

只要好好跟人解释为什么他们做错了，他们自然就会记住。无论如何，这也算是种慰藉。美好的谈话没有消亡。其实在这片森林里，它只会格外美好。

三月

森林里开始人满为患。

说好听点是不容乐观。

几天后我撵走了老保守，以为他会挣扎回家，但我错了。过去几周他都住在离我两百米远的小帐篷里。他赖在那儿不走我也没什么办法。我决定继续把他当作老保守而不是伯瑟。我喜欢因此制造的距离感。这是必须的。他的伤基本上痊愈了，所以他老是来串门。再小的理由他都能用来到我这儿转一转。每次都是来借盐、借刀或其他各种小事。但我已经放下架子跟他说一周可以过来两到三次。多了我不接待。反正和他在一起也不是太讨厌。但他不守信用。他每天都要来好几次，而且对交谈有非常强烈的需求。特别想谈的话题是他非常清楚地认识到他为那些不重要的东西浪费了太多生命，现在他要制订计划来拨乱反正。比如说他计划搞一个和平节，他是这样叫它的。我完全不知道这搞的是什么名堂，他貌似是要邀请不同信仰的代表来组织一个什么兄弟会。他问我有没有兴趣参加，我说别做梦了。

很长一段时间内，要想做什么事已经很困难了，想什么事都不做几乎不可能。这要求别人打扰你的时候你也不为所动。突然之间，我不得不为自己辩解。我不得不根据别人的意愿行事。我必须解释说我不喜欢有人来串门。我不得不解释说我不喜欢他，宁可看着他搬回家去住。折腾死了。很显然不解释要轻松许多，什么也别说，自顾自就好。我也不知道该怎么做。一种可能自然是搬到森林更深处去。找个寂静黑夜朝着真正的森林深处一走了之。这大概就是我该做的，但我仍然希望老保守能够放弃，转身回家。我试图比以往更冷淡地对待他，好把他冻走。这本来也不是因为我不喜欢他更胜于其他我不喜欢的人。我只是以完全平常毫无热情的方式不喜欢他。完全没有针对他的意思。但现在我开始专注地不喜欢他，这样他自己也能清楚地感觉到，据我了解，在人们习惯于互相交换信号的环境中是不需要花很多时间的。但尽管我对他态度恶劣，他还是总回头找我。他要玩翻翻乐。每天晚上他都要玩。他说他的生活中太缺少游戏和乐趣了，他小的时候一切都是为了长大，他的孩子小的时候他总是出门在外追名逐利。

现在你就后悔去吧，我说。

他以为我们是朋友，并且以一种让人不安的方式仰视我。我感觉他有一种我能为他指引方向的期待。

这我完全无能为力。

我不能为任何人指引方向。连为我自己都不行。我能超脱出来住进森林，对我来说很大程度上是运道所致而非刻意为之。我在正确的时间正确的地点摔下了自行车。

但老保守简直把我当成了先知。他没意识到我其实是想让他回家去。我总是心太软。

许多天以后，与老保守交谈的典型方式可以总结为以下几种：

第一天：

比方说我正在搞我的图腾柱，他飞奔过来站到我的身边。我一句话也不说，继续雕刻。他开口之前看着我工作一会儿。

嘿，多普勒，他终于说，你看我身上有什么积极的品质？要是你必须说出一点来，比如说你是我葬礼上的牧师，你会怎么说？

我停下手中的工作，一边想着怎么回答，一边盘算着怎么把他打发走，越快越好。

我跟你不熟，我说，但就我对你的那一丁点了解来说，我看不到你身上有任何积极的品质。

一点都没有？老保守问。

没错，我说。本来我射你大腿后你表现还算冷静，还有你到森林里寻找可能，这本身就是挺积极的品质，但你偏偏选了这片森林，把这些都抵消掉了，所以综上所述你还是非常糟糕的。

他站在那儿寻思了一会儿就回他的帐篷去了。

第二天：

同样场景。我雕刻，他来了。

我思考了一下你说的话，他说，关于我没有什么积极的品质这件事，我相信你是正确的。我没有任何积极的品质。我什么都不是。我浪费了我的生命。

别这样呀，我说，你只是最近有点走背运。不过如此。你一定有许多独一无二的品质和天赋什么的。但这片森林不一定是能把你的潜质尽情发挥出来的地方。

他回帐篷去了。

第三天：

我在吃早饭，他比往常来得早，一脸喜气。

我思考了一下你昨天说的话，他说，你说我一定独一无二、天赋异禀什么的。你是正确的。我的确独一无二、天赋异禀。你也独一无二。我们俩都独一无二。每个人都独一无二。

或多或少，我说，但独一无二也不过就是独一无二。不一定是什么优点。

第四天：

我尿尿的时候他来了。

我思考了一下你说的独一无二不一定是优点，他说。

我继续尿。

你是正确的，他说，如果品行不端，独一无二也没什么用。

本来就不存在什么端或不端，我说，这跟你是谁，以及你身处的时代有关。

他走了，但一个小时之后他又回来了。

我思考了一下你说的品行没有好坏之分，他说，我想你是正确的。我想这要视情况而定。

他就这么孜孜不倦。可怜的人折腾坏了。我也不知道我该怎么帮助他。他用最讨厌的方式打扰着我。同时我又挺为他难受。这个可怜的保守派支持者敛财守身一世，一朝如梦初醒，他的同伙却没有能帮他总结一下助他一臂之力的。就像活了漫长一生后又回到了青春期。突然连自己都认不出来了。身体感觉陌生而可怕。所有习以为常的行为和品性突然就变得令人憎恶起来，且又不能弹指之间脱胎换骨，因为魔鬼的棋盘上可是落子无悔的。而我也在同一条船上，虽然我可能不像老保守这么身先士卒。但谁又知道呢？

可能结果都是一样的。

但可惜老保守还不是唯一的不安因素。格雷古斯回来了。他来这儿已经两个礼拜了。他从幼儿园出走，有目击者在森林边缘看到他。那时他已经独自穿行超过一公里的别墅区。警察拦下他送他回家。但他大发脾气，我那个现在挺着大肚子的老婆就派她的弟弟，也就是我的小舅子——捎带提一下，我主观上讨厌这个人超过讨厌大多数其他人——踩着滑雪板拖着雪橇上山来把格雷古斯交到我手里。他死活要跟邦果和我待在森林里，现在他来了，立马神气活现。他就从没这么快乐过。他帮我建造图腾柱，耐心到了让人感动的程度。我们共同决定他应该成为创作的一部分。他应该在最高处。坐在邦果背上。我已经把他画了进去。我相信会很好看。格雷古斯的加入不容置疑实现了某种意义深刻的圆满。三代多普勒。外加邦果。图腾柱将包藏伟大的内涵。我们的后代经过这里一定会充满敬畏地点头。那时多普勒还只是多普勒，他们会想。特别是当我们多普勒的后代衰败的时候，据我预见他们会的。我将代表多普勒生产线上的最高水平。渺小如我。就从来没有喜欢过人类。一小部分的我觉得格雷古斯在这儿其实挺好，但大部分的我还是希望能一个人待在森林里，并且与新的状况作不懈的斗争。

就像老保守把事情搅和得还不够复杂一样。

最要命的就是杜塞尔多夫也报名加入。他每周要滑雪来这里好几次，还经常过夜。自从《走遍挪威》播出了关于他的节目之后，他总是有些纠结。他觉得自己贱卖了。他觉得他的生活内涵原比《走遍挪威》在五分钟内得以呈现出来的要复杂。他们没能挖掘他没有父亲这件事情的真实深度。最后变成了一期关于模型制作的节目。就跟其他任何一期关于模型制作的《走遍挪威》节目一样。他成了一个爱好稍显独特的人。

可怜的杜塞尔多夫。我真诚地同情他。我都说不出口，其实我想一个人待着。我借给他一套睡垫和一条羊毛毯，坐到夜深，倾听他说话。我自己也说话。我们交换经验，可以这么说。关于做我们自己的经验。他可能是我所认识的人中最接近朋友的一个，尽管我宁可他不在这儿。

那些老保守也在场的夜晚变得极其古怪。他总在说他的兄弟会和平节，杜塞尔多夫和我都忍不住暗示他对我们来说没什么比这更无关紧要的了。为时已晚，我说，让那些不同信仰的人互相误解互相挤对去吧。放松放松想想别的事。但老保守对这件事的狂热跟我女儿对那个托尔金的执着不相上下。他的脑子被赎罪的念头占据着。他曾经是个肤浅的白痴，现在他除非下地狱才能弥补自己的过错。

我们还玩起了翻翻乐。格雷古斯睡在侧面的小拉弗[1]里，

1. Lavvo，挪威少数民族萨米人的传统帐篷。

邦果和保守狗躺在入口处的折缝里，而老保守、杜塞尔多夫和我坐在篝火的光芒下玩动物翻翻乐。我觉得自己像夏令营的带队老师。

另外，邦果和保守狗以为他们是对情侣。他们整天黏在一块，我觉得他们是在计划要个孩子。邦果看上去坠入了情网鬼迷心窍，而我目前还不忍心跟他解释保守狗是条狗，不是驼鹿。

所有这一切发生的同时，图腾柱也渐渐成形。我们正在做父亲的手臂。它们必须单独雕刻然后从两边安到他的身体上。这是我完全不擅长的技术，搞错好几次之后我终于整了个八九不离十。我的图腾父亲有一双短小的鸟类翅膀似的手臂，除了安在图腾柱上摆样子外别无他用。但某种程度上他的一生也就是这样，我想。他和我们大多数人一样百无一用，他成为图腾柱倒是更贴切。其实纪念的也就是他的无用。这就是我建造纪念碑的目的。

杜塞尔多夫的情绪本来就挺低落，现在唱国歌那男孩的父亲又打电话来，说杜塞尔多夫要是再联系他儿子的话他就报警，这下可真是到了低谷。“海达路德”之旅他就别想了。门儿都没有。你就做梦吧，你个老猪头，暴怒的父亲说，还想和我儿子在高山峡谷之间挤在一张卧铺上。杜塞尔多夫完全说不出话来，他接完电话上山来找我时整个人都垮了。

太邪恶了，邪恶的世界，我说，怎么能这么扭曲别人的好意，连辩解的余地都没有。怎么能把这么真诚的对友谊的诉求与那么龌龊的图谋混为一谈？这怎么可以？

但就是这样发生了，杜塞尔多夫说。

是呀，我说，人吃人，擦擦嘴走人。

你为什么这么说？杜塞尔多夫问。

我也不知道，我说，就是觉得挺恰如其分的。

杜塞尔多夫点点头，默默地又念了几遍。

你说得对，他说，恰如其分。

老保守就想完全跟我一样。他自己肯定没发现，但他体内有一股强大的力量想把他变得和我一样。实在太荒谬了，但他居然已经开始刻自己的图腾柱了。好处是我倒是不用总见他了。我就是总听见他雕刻的声响。我想他一定回家拿了工具，我最担心的是有朝一日或许我得向他借工具，因为这比夜间偷偷摸摸地潜入保守派选区撬开车库和工具箱要来得省力。坏处自然是这太可悲了。

你很可悲，我说。

森林是大家的，他说。

我没说不是，我说，但你模仿我的做法太可悲了。我就不明白你怎么那么没羞没臊。别一本正经地跟我说，你是完全没有依赖我，自己琢磨要造个图腾柱的。

据我所知，你是要树个图腾柱纪念你的父亲，他说，但这个将成为和平图腾柱，完全两码事。它将见证，不同信仰的人开始精诚合作是多么重要。

别客气，我说。

老保守也流露出想要一头驼鹿的意思。还最好是头小鹿。最好跟邦果长得一模一样。他甚至还询问能不能把邦果卖给他。这当然连门儿都没有。邦果这样的可是金不换啊，我对他说，让他留着他那些脏钱，但他却把价格翻了两倍、三倍来试探我。最后他把价格抬到七万克朗。他说邦果值这个价。我当然拒绝了，之后他就没给我好脸色看。他肯定觉得挺受伤害。他习惯了拿钱当敲门砖，当他发现钱把门锁上了的时候，自然就觉得世界与他作对，让他无力反抗。

这里已经没法待了。我得继续前进。但动身之前我得把图腾柱整完。不能因为迷惘的老保守和其他不安因素的骚扰就放弃纪念自己父亲的计划。我要咬紧牙关一鼓作气。之后我就打包上路不声不响一走了之。我加快速度。加班加点。格雷古斯试图跟上，但他的年龄要求他比我多睡一倍。而他睡觉的时候，我就尽可能地多干活。其实他醒着的时候我们相处得挺融洽。我们无话不说，他并没有拖后腿，实话实说，不管是聊天还是木工活。直说了吧，他很聪明，但我不给他任何直接的表扬。时不时拍拍他的肩膀是有的，一些更含蓄的鼓励。我只是让他默默地明白，我对他很满意。我也真的很满意。他是我合作过的伙伴中完成任务最出色的一个，聪明仍没有侵袭他的心智，因此他有出色表现的良好基础。其实我应该把他留在山上，因为在山下和他的母亲、姐姐，以及其他人混在一起，很快他就会被无条件地推上聪明的不归路。他需要我的反作用力。这是当务之急。这让我反复思量了许久。前思后想。想要独处的欲望很强烈，但对格雷古斯的关心也有很重的分量。我得不到什么满意的答案。

一天天过去。我们刻掉的木头不下好几公斤。木屑纷飞，像一层地毯一样铺在雪地上。地毯上的地毯。我得考虑开始写诗了。

我后来才知道，那是个星期天，我的小舅子滑雪经过。他来的时候格雷古斯和我还有杜塞尔多夫一起在鼓捣图腾柱。我雕刻，他们两个人用砂纸打磨。林子的另一边传来老保守的斧凿声。小舅子评价说我们这伙人看上去挺不错，他很高兴我不再孤苦伶仃。他自己也算走过不少地方住过不少木屋，他还是能看出来，森林里发展速度很快呀。另外，他说，他为我老婆捎来个口信，她等着格雷古斯和我五月中旬也就是十五号回家。这是最后期限，玩笑开够了，他说他姐姐不是那种男人想娶就娶想甩就甩的女人。别人的姐姐大概是这样，但他的不是。

我点头。

要是你不回去，我就来接你，他说。

你说了算，我说。

小舅子松了口气，我能看出来。他肯定以为我会极力反驳。或许他还有些害怕，但结果却是一团和气甚至还挺友好的。原因就是我撒了谎。但他不知道。谎言是出色的工具，许多人使用得太少。奇效无比。说一套做一套。了不起。

小舅子继续赶路去了，我站在图腾柱下亲热地向他挥手道别，但一旦他转过身我就送他一个小小的鄙夷表情，格雷古斯自然也看见了。

为什么要这么做，爸爸？他问。

做什么？我说。

你做的那个表情，他说着模仿了一下。

杜塞尔多夫默不作声地听着我们的对话，但我猜他很想知道我要如何处理这个情况。我提到过许多遍，我和我小舅子的关系有多糟糕，还讲了几个这几年我与小舅子之间发生的无可救药的故事。

我眼睛里进了个蚊子，我说，但我看见杜塞尔多夫谨慎地摇摇头。骗不过去。

这儿没有蚊子，格雷古斯说。他就像往常一样理智得要命。

好吧，我说，我这么做是因为我觉得汤姆叔叔他是——我犹豫片刻——一个很让人费神的家伙。我们非常不同。我们讲的都不是同一种语言。有时候他还挺不错，比如说，上次他帮我修建车库的时候，但其他时候他脑子就不好使了，我说实话吧。目前的情况下，我倾向于保留后一种看法。

杜塞尔多夫谨慎地点点头，对我的直截了当表示认可。

但他有座不错的小木屋，格雷古斯说。

的确，汤姆叔叔是有座不错的小木屋，我说。

四月和五月

现在这里每况愈下。杜塞尔多夫开始酗酒。他往返于挪威国家酒局[1]和帐篷之间。他还搞了双雪地靴。吃的他也带了，特别是外卖比萨，这稍稍有助调整心情。邦果的母亲所剩无几，考虑到邦果的感受，我觉得我对驼鹿是再也下不了手了。杀个狍子或许还能办到，但它们太他妈害羞。山上又没有什么熊或狼[2]。它们都被政府驱赶到东部，好叫那些土著悄悄收拾掉。

这是个多雪的冬季，但现在雪一天天地大量消融。等雪

1. 挪威国家酒局（Vinmonopolet），直译为酒类垄断，是挪威政府掌管酒精饮料零售的组织，为挪威唯一可以出售酒精含量在4.75%以上的酒精饮料的公司。

2. 1976年挪威最后一头狼遭射杀，之后挪威政府重新引进并实施保护，目前有二十头左右生活在东南部挪瑞边境处。

化完我就走。这样就没人能跟着我的脚印追上来。我就自由了。

格雷古斯开始厌倦图腾柱，大部分时间都待在帐篷里。在一堆用来引火的旧报纸的帮助下，加上来自醉翁杜塞尔多夫的一点点提示，格雷古斯居然自学起阅读来。聪明潜伏在基因里的方式真恐怖。人类无法阻止，它还能自寻出路。就像水一样，铲除障碍，直捣黄龙。对我来说这可是穿石的水滴啊。要是四岁他就能阅读，很快他就得会解二次、三次方程了，我在这年龄连“方程”这个词都不认识。得阻止他。他的聪明必须斩草除根。格雷古斯不能再下山接触文明社会。他得留在森林里，和我在一起。从现在开始我钻木取火。报纸统统烧掉，格雷古斯还想阅读就得自己写。他要么刻树皮要么就得写血书。这样一定能掐灭阅读的火焰，我想。

老保守很少露面。他早就完成了他的图腾柱。丑得惊天动地，搁地球哪儿都没法创造和平。几天前我们帮他把它竖了起来。我们不得不点起篝火，把雪下面的泥土解冻，但最后我们还是想方设法把它支了起来。它杵在那儿妖光阵阵就像宣扬老保守失败忏悔和无望追求的史前纪念碑。现在他下山到人类社会中去了，到商店的布告栏、素食餐厅和电线杆上张贴传单去了，邀请大家五月十六、十七日到这里来参加兄弟会和平节。幸好那时候我和格雷古斯已经不在这儿了。我们已经翻山越岭。他们爱怎么称兄道弟就怎么称兄道弟。为什么他要把和平节放在国庆日，这我也猜不出来。把宗教和立宪日搅和在一起自然越发招人烦。反正我是不会跟谁称兄道弟。这是铁定的。

为了成全这儿的混乱局面，铁人罗格也出现了。他从家里被踹了出来。爱人受够了他到处播种的恶习。导火线是他射在了一本爱人从读书俱乐部借来刚打算看的书上。这下射过了头，现在他只好坐在篝火旁和杜塞尔多夫对饮。他们成了伙伴，罗格抱怨说他的爱人态度不够明确。他开始怀疑她大概已经不再认为射精是件刺激的事情，但他没有得到清晰的信号来提醒他适可而止。比方说，几天前他才射了一张挪威汽车协会的账单，他们俩还痛痛快快地笑了一场。为什么读书俱乐部的书就不可以？女孩子就是这样，罗格说，根本不可能知道是怎么得罪她们的。突然之间向来无碍的事情就成了完全错误的。转变就在一秒之间。

别人喝酒或睡觉的时候，我一边埋头雕刻图腾柱，一边想着我几乎认不出自己的森林了。曾经它是那么平和宁静。在这里，我和邦果以一种超然的平衡生活，从早到晚不用迁就任何人。我们可以任意而为，我得以向着我一事无成的目标缓缓靠近。但这都是过去了。如今我所熟悉的森林所剩无几。我们一定是来错了森林，我对邦果说。这里太奇怪了。

人的问题在于，一旦一个空间里充满人，能看见的就只有人，没有空间。宽广荒芜的风景，一旦走进个把人就不再是宽广荒芜的风景。人类定义我们视线的落点。而人类的视线又总是落在别的人类身上。这样就无形中制造了一个错觉，好像人类要比地球上不是人类的东西来得重要。这是个普遍的错觉。或许较起真来驼鹿才是最重要的，我对邦果说，或许你们知道得最清楚，只是超级有耐性，不说出来罢了。这个我自然很怀疑，但谁知道呢？反正不可能是人类。这我绝对相信。

日子一天天别扭地过去，雪消失了。格雷古斯继续阅读，罗格和杜塞尔多夫喝得神魂颠倒，老保守往素食餐厅里贴传单，而我往终于略显精雕细凿的图腾柱上施展着最后的身手。细节渐渐显了出来，我看到自己完成着一项出色的工作。这值得我骄傲一下子。随便找个傻瓜都能看出来这是个人坐在蛋上，头上顶着另一个骑车的人，这另一个人头上顶着一头一岁大的驼鹿，驼鹿背上坐着个小男孩。反正是象征手法，这样就够了，同时也足够意象不至于透露我们的真实身份。现在就差细砂纸打光再上浓重的色彩了。我要避免北美西海岸印第安人总犯的傻事。他们雕刻出如此精彩的图腾柱却不做任何处理就把它们竖了起来。因此没过几年它们又被自然收走了。它们就这么倒地朽腐。这和印第安人对圆满和轮回的感情是完全一致的。尘归尘、土归土什么的。在这一点上我的看法和印第安人稍有不同。反正我也不是印第安人，而是属于我的时代的人。我的时代中一个失败的人。或者只是一个失败的时代中的人。以此类推。我就是要做得彻底。我要涂上整套该死的防水涂层，油漆加染色剂，然后再涂上能够抵御挪威气候的浓墨重彩。能站个千年。这是至少的。我喜欢“千”这个数字。最棒的数字。

一个寂静的雨夜，我下山去宇乐沃体育场走了一遭，在那儿我砸了一家五金店的玻璃。我其实可以问杜塞尔多夫要钱，但他最近老是长醉不醒，还是个没爹的孩子，另外我也喜欢图腾柱在没有任何预算的情况下完成这个想法。我喜欢所有没有预算的事。项目一旦有了预算立马让我生疑。就是这样。我变了。很快我在森林里就待满一年了，我已经不是原来的我。改变何时发生的，这个不好说。一定和大多数改变一样，是循序渐进的，但发生了改变是不容置疑的。森林给予并索取着。它把所有探索者都收进了它的画面。我正变成森林的一部分。森林，就是我，我一边冒着刺耳的警报冲进店里一边想，粗算我有大约五分钟。我一罐一罐往外搬油漆、天然漆和防水涂料。我使出浑身解数，五分钟后成功地把非常可观的一大堆涂料产品藏到易卡老板连着几个月为我放牛奶的那个垃圾箱背后。用得着的都到手之后，我就钻进那一大堆瓶瓶罐罐里，等待保安的到来。终于来了个看守，但比我预估的迟许多。警察也来了，他们做笔录、打电话，一通忙活，最后店主本人也来了。经过无数次因为没完没了的装修而产生的零散购物，我跟他也算混了个脸熟。今天一把毛刷明天一卷胶带，还有喂鸟用的葵花子。我向来就是个鸟人。它们应该感谢我，那些鸟。跟店主点头哈腰多年以后，我终于走出了砸他家玻璃取我所需这一步。这他应该早有准备。这也是经营商店的一部分。他用一些有机玻璃类的材料挡住橱窗后就走人了。在大家起床之前我还有两三个小时，我从森林边缘牵来邦果，很没人性地给他驮上许多涂料和油漆。我们往山上的帐篷来回运了三趟才把全部货物运回家。

五月一日老保守回来了。为了刺激我，他带了一垃圾袋老树叶在帐篷外生火，还有一把铲子，站在篝火旁扒灰用。我装作没看见。哪有这闲工夫。我连五一国际劳动节都没顾上。我有更重要的事要做。况且如今谁又是挪威的劳动者，我也不知道。于是我开始上色。节奏蛋涂上消防车的红，父亲的上半身和下半身分别上了不同的颜色。我觉得这很必要。我自己上了绿色，就像森林，我给自行车涂上了完全写实的颜色，参照我自己的那辆。邦果是黄色的，格雷古斯是某种青绿色的。脸部都用对比色画上了眼睛、鼻子、嘴等细节。底座我用所有剩下的颜料都涂了一遍。各种稀奇古怪的颜色上了至少二十层，我想一千年的潮湿估计都留不下什么痕迹。

我上色的时候，格雷古斯一字一顿地拼读旧报纸专栏里所有的那些浑蛋文章来恶心我。政治、科学、艺术、文化。他不但费劲吃力地把它们拼出来，还试图以他微薄的能力来分析内容，更想探讨其中的意义。别费劲了，我说，什么意义都没有。不过是些词语。肯定有什么意义，格雷古斯说。没有，我说，那些人就是坐在那儿写字来证明自己多聪明，世界最不需要的就是这个。就是词语，词语，词语。大概有一小部分不只是词语，但要找出它们的意义你就得比大部分人都聪明，这我可不允许，特别是你还处在生命中这么早期的阶段。

我才不信这些都没有意义，格雷古斯说。

你成年以后干吗才不关我什么事，我说，那时候我保证撒手放你走。但还有好多年呢。现在有意义的就是这根图腾柱。它得屹立一千年，来证明你、我、爷爷，还有邦果来过这里。我们来过地球。我们在这儿度过我们的时光，尽力而为却还是以无济于事的方式无济于事，把它完成以后我们就闪。我说，报纸专栏不能带走。你就忘了你的全套读书计划吧。上学什么的也一样。十八岁之前你就别想看见学校长啥样。我们留在森林里，和邦果在一起。你早晚得适应，就先在脑子里想想吧。

但这儿写着一个叫什么伦敦什么什么学院的，对，就是这儿，经济学院，格雷古斯说，彼得·潘就是那儿来的，不是吗？

没错，我说。

去那儿上学应该挺带劲的，他说。

你给我记住了，你要是去那里上学，我就住到伦敦外的森林里，天天把你一顿好打。

但我可以住伦敦呀，格雷古斯说。

当然，我说，是挺刺激的城市。但你只能在那儿转转。或者去个不太聪明的学校。艺术学院什么的。教你如何去除条条框框而不是如何遵守它们的学校。

我不知道你在说什么，格雷古斯说。

这样最好，我说。

因为这场毫无意义的对话，我唱了好一阵子彼得·潘电影里的《你可以飞翔》。我一边上色一边哼旋律唱副歌，我唱了不下一百遍，几天之后我真心开始为我不会飞而伤心起来。

图腾柱造好了。

收尾阶段我用上了那个没收来的头灯，夜以继日。最后的工作是给我的父亲画上一柄巨大的生殖器。我给他安上了多普勒家族的标志。之后我退后几步，看到的成果非常出色。这是举世无双的图腾柱。意味深远个性十足，色彩丰富浓艳，更不用说光泽了。简直烁烁发亮。是我——多普勒一手建造的。我以我父亲绝对无法想象的方式纪念了他，感觉与他如此亲近。

一经完成，我立马开始在地上挖洞。我在撒尿广场附近找了个地方。从那里——我之前已经提到过，可以看见大半拉奥斯陆，有点尿也无妨，我想。在我看来，是对我父亲晚年马桶摄影工作的认可。他当然从未在此撒过尿。但要是他来这里，一定会这么做。对着图腾柱撒尿将成为维系家族传承的最后一步，我想。多普勒之尿浓于血并把我们牢牢焊在一起。以后多普勒的后裔将聚集到这里以对着家族图腾柱撒尿的方式纪念多普勒的祖先。

但挖了半米以后，我就挖到了岩石。要命的祖国到处是岩石，我都懒得拿它说事。我很荣幸地宣布，岩石管够人人都有，正是这个最接近字典定义的事实耽误了所有进度。我原以为格雷古斯、邦果和我能在五月中旬之前躲到深山老林里去，这样我的小舅子来找我们的时候就会扑个空，但现在我不那么确信做得到了。很可能我得留在这里干一仗。反正我可以射他，就像我射老保守一样。他无疑得不了什么便宜，但我的逃亡计划可能搁浅，这我最好避免。

整整两周我都不断在洞里点火并排水，为了让岩石裂开。一把火接一把火。日子在砍柴和担水中过得飞快。除格雷古斯帮我之外，别人都喝得不省人事。没问题。我本来就没打算让他们改邪归正。他们想喝就喝吧。我也不小了，知道人能找到无数理由来让自己喝得神志不清烂醉如泥，每个人都有随心所欲的自由。老保守不喝酒。这我不得不说。他坚持不懈地在森林里工作。他把兄弟会和平节当真了。毫无疑问。他还加建了板凳和桌子，还有一个舞台，我估计他要站在上面发表关于地球和平以及各族人民团结互助的讲话。

很难说这把火在哪儿烧完下一把火自哪儿烧起，但四五十把火之后，我又下到岩石里一米左右深，同样数目差不多又来了一遍，终于接近两米。够深了。但已经是五月，满打满算也就差不多五月中了。雪都化了，森林里极其干燥。白色和蓝色的野花开得遍地都是，新一代驼鹿开始出没在这片森林里。你不再是最年轻的了，我对邦果说，你大概认为你有义务尽快长大，但这你不必考虑。我觉得你应该牢牢抓住你的青春。干些疯狂的事。搞个派对。弄个一塌糊涂。这是多普勒说的，我说，多普勒大概是当代国内最聪明的人。现在他急流勇退，打算做点兼职。做顾问，大概是这么个名头。为自己也为那些愿意听的人。现在看来，为数不多。

我们竖不起图腾柱。虽然老保守都很不情愿地出手相助，我们还是毫无希望。该死的木头太沉了。在雪地上邦果和我还能把它拖回来，但四个男人、一个小孩加一头驼鹿都不够把它举到洞里。

你觉得会有多少人来参加你的兄弟会和平节？我问老保守。

可能三四十个吧，他说。

你愿意让我用他们做人手吗？我问。

这我愿意，他说，这样有助团结。

没错，我说，没什么能比重体力劳动和象征性的负重任务更团结人心的了。

五月十五号来了又去。我剑拔弩张地坐了一整天，侧耳等待着小舅子的脚步声，但他爽约了。而他爽约的唯一原因一定是他姐姐的生育拖住了他。完美。自然的力量在我这边，但我不认为这是什么命中注定。纯粹就是运气。于是我趁机跟杜塞尔多夫和罗格一起小酌了一杯。晚上我枕着弓箭入睡，但好在小舅子没有现身，无论是梦里还是所谓现实里。

第二天早晨兄弟会和平节开始了。老保守打扮得尽可能不那么保守。或许他觉得这样便于进入另一种氛围，更高的精神境界，我怎么知道，反正他是做好了准备迎接来自四面八方的不同宗教人士，但他们并没有蜂拥而至。和平节开始四五个小时之后，他被迫接受只来了四个人的事实。来了个穆斯林，还有个犹太人，一个基督徒外加一个晚邮报副刊记者。四个人都坐在树桩上等着老保守说点什么。最后他终于站到台前，宣布节日开幕。他无法掩饰自己的失望，但还是一口气说了一大段还算可信的话，在这个不安的时代每个人都必须深入自己的内心来探索自己的包容有多深厚云云。我们必须互相理解，而理解的关键在于互相认识。简而言之，我们必须加深彼此的了解。我们必须知道别人在想什么、相信什么、害怕什么，但也包括一些浅显的事，比如他们早晨几点起床、晚饭吃什么。一切都是必要的。需要了解的只多不少。这就是我们这两天要做的事。交换大大小小的信息。三个信徒点头，记者做记录。

第一个练习，让自己向后倒，勇于信任其他人会在身后接应。我们人太少，因此出现了一些问题。大个子穆斯林倒到地上几回，但他马上爬起来承认是自己的错。我其实挺乐在其中。我让自己倒下，失控，一瞬间悬浮于天空和大地之间，没有以令人不快的方式着地，而是被同伴们的怀抱轻柔且充满爱意地接住。

下一个项目是两两分组，其中一人蒙上眼睛，由另一个人领着在附近转悠。蒙着眼的要学会信任看得见的。这是个美妙的练习，我们每个人都受益匪浅，虽然邦果，我的伙伴，再次向世界证明在领会明确的指令所传达的实质意图时他总是比别人慢半拍。我们经过犹太人和晚邮报记者的时候，我注意到记者一边蒙着眼睛走一边在哭。这可能超出了他的承受能力，我想。他习惯了坐在那里咬文嚼字，在这儿突然需要他听身体的指挥，还包括亲密接触以及其他陌生的情况。是挺难接受的。但也可以这么想，编辑部里的那群老狐狸想方设法躲开这样的差事，而派了个神经脆弱的实习生来。

第三个练习在我的敦促下进行——竖图腾柱。一切都准备就绪，我们齐心协力，让图腾柱就位。进行得就像某种游戏。庞然大物被抬到洞口，然后慢慢调整到竖直的位置，全凭一根绳子。之后和平节在没有我的情况下继续进行。

格雷古斯和我围着图腾柱打楔子的时候，我们听到兄弟会在森林另一侧愈演愈烈。老保守的大嗓门时不时令人厌恶地冒出来，但我并不觉得这与我相干。这样的节日当然是有价值的活动，安排得也很合理：世界不同种族不同宗教应该携起手来才能共闯难关。要是能办到没人比我更高兴。但我必须承认，我不太相信这能办得到。我相信为时已晚。我相信我们这些活着的人必须全部消失，然后诞生新的人类。白纸一张，少些争强好胜的品质，少些占有欲的人类。一种能把眼界放得开阔些的变种。

最后图腾柱终于如我所愿站了起来。楔子各就各位，我还在楔子周围填满了石子、泥土和煤灰。它直指云霄，在森林中传播着色彩和多普勒的气质。

要我自己说，真的很不错。我感到，我和父亲之间的争议平息了。这下他可以安息了，俗话是这么说的。有人想着他。他最亲近的人之一想着他，并以他的荣耀完成了一件作品。这一定能温暖到那个昔日的老滑头。他居然完全不动声色地度过一生。我祭奠了他，现在可以把视野转向新的地平线了。我召集起我最亲近的人，也就是格雷古斯和邦果，告诉他们时辰已到，该诀别了。这片森林的环境已经不允许我们在其中盛放，我说。我们需要可以自由呼吸的空气和宏大思考的空间。世界在等待着我们，我说，我们即将开始一段可能漫长的旅程。我也不知道这些话是从哪儿听来的，反正搁在这儿挺应景，于是我就说了，虽然按原计划造完图腾柱我就应该金盆洗手啥都不干。我应该无所事事到空前绝后的地步。我应该向神奇的临界点无限靠拢。但现在我站在这儿面对着我的两个门徒，我注意到我已经开始把他们当作我的门徒，我误导他们说旅途可能很漫长。你们做好旅行的准备了吗？我问他们。格雷古斯点头，邦果看着我，眼神一如既往的无辜，但我对他知根知底，知道他像所有的少年一样时刻准备着迎接所有新鲜有趣的体验。

但真不一定会新鲜有趣，我说，我们走着瞧。可能一切都不新鲜有趣。我会这么说让人难以置信。就像是被人附身了似的。有时候也得做些并不新鲜有趣的事，我说，必须敢于离开我们栖息的树枝，有时候甚至得把它锯下来。

不然我们就只是一小坨屎，格雷古斯说。

这可是你说的，我说，不然我们就只是一小坨屎。

但我们要去哪儿？格雷古斯问。

我们要穿越森林，我说，我们要深入这片森林腹地，或许还要从另一端穿出。进入下一片森林。这样一直到我们满意为止。一片森林是很难满足我们的。

更多森林总是在前方。

我说我们现在一齐对着图腾柱撒泡尿，之后我们要做好准备，今夜在寂静中收起帐篷，在天亮大家醒来之前远走高飞。

我们齐刷刷地撒尿，向我们将在这里屹立千年的父亲与祖辈致敬。

倒计时开始。

我们收拾的时候，和平节发展成了一场盛宴。那边高唱欢呼着，很容易听出杜塞尔多夫和罗格也蹭了和平节的酒。这肯定在老保守意料之外，但为什么不呢，我一边收起帐篷的地钉一边想。酒精可以缓解紧张的气氛，可以认为他们以这种方式更进一步地拉近了彼此之间的距离，不这样是做不到的。随着邻巢气氛的逐渐高涨，我知道收起帐篷已经没有危险。他们对周遭世界的注意力已经降低到让我不用担心被打扰的程度。

我用两棵桦树为邦果做了个拖斗。在上面固定上帐篷和工具，其实也就是我在森林里拥有的全部财产。斧子我也带走。老农得去买新的了。这斧子到了目的地我们可能还用得着。

我整夜都在收拾，而邦果和格雷古斯互相依偎着睡觉。

黎明时分我去和平节晃了一圈同参与者告别。

那个基督徒以一种非常古怪且猥琐的姿势睡着了，老保守坐在篝火旁跟晚邮报的记者说着话，他可能比谁都醉得厉害，他希望自己老婆的胸部更像船。记者勉强可以握住用来做记录的笔。啥意思？他问。船的样子，老保守说，更像船。杜塞尔多夫和罗格在喝酒方面训练有素，所以他们也是这个点儿最活跃的。我握住他们的手说我很高兴认识他们，但我现在得上路了，可能会走得挺远。你们自己多保重，我说。你也是，他们说完就又往空地上一躺，继续我不知道内容的对话。就像地球上发生的大多数对话一样。我只参与了其中很小一部分。其余千千万万对话我都不知道说了些什么。这多好。

我们终于做好出发准备的时候国庆节已经到来。能听到山下城里传来各种音乐交织的嗡嘤。他们就闹腾去吧，我一边把拖斗固定到邦果脖子上一边想。这时候小舅子出现了。当然他会这么做。他步履匆忙身形可恶跌跌撞撞，肩上还扛着一杆枪。他要拿枪射我。苍天那个大海呀。我蹿到树丛中手忙脚乱地往弓弦上搭箭。住手！我听见小舅子的怒吼，于是我就朝声音传来的方向射出一箭。我步伐蜿蜒东躲西藏，但小舅子头脑清醒身体健康，很快就追了上来。他当机立断往我腿上射了一支麻醉箭。我就看着它戳在我腿上。很像电视上动物节目里看到的那些非洲草原上麻醉动物或挪瑞边境捕狼用的那种麻醉箭。我的身子立马就沉了，缓缓地栽倒在空地上。今天真是个好日子，我只来得及想到这儿。桦树郁郁葱葱地抽着新芽，森林里的国庆节。一切都那么干净。一切都那么挪威。

小舅子用消防员姿势扛着我下山去国家医院的一路上我

都处在一种尴尬的半梦半醒状态。格雷古斯和邦果就在身后跟着。到处都是节日盛装的人群。我憎恶五月十七日，我用麻醉的大脑想。我从来没有这么确凿地憎恶过这个日子，但现在我憎恶它。我憎恶这种庆祝挪威的方式。我憎恶这么多的布衲[1]。一件比一件难看。正当我以为看到一件最难看的时候，立马出现一件更难看的来满足我。

在国家医院里小舅子也扛着我，扛进电梯。上楼。走进我老婆躺着的房间，她怀里抱着个男孩。我儿子。或者说我们的儿子，如今都是这么称呼的。当然是我们的。好小子，我说，轻轻地抱抱他。我蹒跚地把他抱到窗前，在他的耳朵边窃窃私语，我要带你哥哥去旅行，旅途可能很长，但我们最终会再见。大概几年后吧。在此期间他得好好的。千万别变聪明，我说，你可以假装听妈妈的话，但得对着干。只要你总是对着干就准没坏处。向我保证。为所欲为吧，但离聪明远着点。

老婆跟格雷古斯和娜拉——她也来了——说话的时候，我感到力量已经回来了，跟着来的还有一肚子脾气，我把小

1. 挪威传统服饰，每一个地区都有代表该地区的款式，所以根据布衲就能分辨出挪威人的祖籍。

舅子强摁到地板上，用床单把他绑在了水斗上。现在你还横不横了，我说，你都绑水斗上了，跑不了了，还想怎样？他像一头被激怒的野兽般猛扯床单。你想拿麻醉枪射我去做实验去随心所欲地要，你找错人了。我才不会让人做实验，让人随心所欲地要。懂吗？

他点头。

再敢射我一回，你就别想再摸枪了。

他又点点头。

我拍拍那个小的，告诉老婆我很高兴看到他。生产顺利吗？我问。

挺顺利，她说，目前为止最好的一次。我想他应该叫比约恩斯彻纳[1]，她说，我是说，既然他是今天出生的。

当然了，我想着，奋力挤出一丝温暖的微笑。我老婆真是聪明得不着边际。这个小男孩生命的第一天就要背负这么多挪威文化，实在让人恶心，但另一方面我们做的大部分事情可不都让人恶心吗，所以当下我也懒得纠缠。

对了，我还想要更多孩子，我老婆说。

---

1. 比约恩斯彻纳・马丁努斯・比昂松（1832 年 12 月 8 日—1910 年 4 月 26 日），挪威作家，1903 年诺贝尔文学奖获得者。挪威国歌词作者。

悠着点，我说，我们有可能要更多孩子，但还有很多事在森林里等着我。这片森林还有其他森林，我要在世界上小小地转一转，很长一阵子不能回来。格雷古斯也一样。

老婆看看格雷古斯，他点头。

我们要去旅行，我说，旅途可能很漫长。

你们去哪儿？老婆问。

翻山越岭，我说，我们其实是被召唤走的。外面出事了，需要我们过去。

老婆惊讶地看着我。

我们有任务，我说，重要的任务。

你能更具体点吗？老婆问。

不能，我说，我能更含糊点。更具体不行。我唯一知道的就是我们必须行动起来因为森林在呼唤我们。

呼唤你们？老婆说。

正是这么回事，我说。因为在我们生活了许多年的方式之外存在别的生活方式，我说，不只是时髦俱乐部加孩子的生日会加所谓朋友的聚餐，以及这让人恶心的挪威式享乐，它们把我们变成世界上最幸福同时也是最自大的民族。

什么别的生活方式？我老婆问。

这就是我要寻找的，我说，我找到答案就来告诉你。

你也这么想，格雷古斯？老婆问。

格雷古斯点头。

随你们便吧，我老婆说，对此我一窍不通，但召唤了就是召唤了。我只能这么理解。

我想一定是生产止痛药把她变得如此宽厚而博大，我们要抓住机会迈出大门。

离开途中我们与比约恩斯彻纳、我老婆，以及她仍然被五花大绑在水斗上无法自救的兄弟匆忙道别。现在我要和娜拉永别了，她煞有介事地握住我的手，念叨了几句我认为是精灵语的话。估计她长期沉迷于托尔金的世界，本能地把有人要出门远游这事想得特别伟大。精灵语是我的弱项，但我估计她就是冲我们说了一堆祝我们好运，并且希望我们早日把阴险的戒指或是别的什么我们承载的东西扔到某座火山里诸如此类的话。

在医院背后我们找到了正在吃草的邦果，我们三个肩并着肩穿过松恩湖畔，让森林把我们吞没。前几个小时我们朝北走，之后我们转向朝东进发。我们一言不发地走。其间只暂停了一次，为了分一块杜塞尔多夫的金三角。还剩两三公斤，这也是我们身上仅剩的可以算作食物的东西。晚上格雷古斯躺在邦果的拖斗上睡着了。终于进入密林深处，让我松了口气。这里没有布衲，也没有国庆节。只有森林。就像我上回从自行车上摔下来时周围只有森林一样，森林就是这样，直到老保守带着心怀叵测的诉求和略文秀的怨念到来。哦对了，去他妈的略文秀。不出几个小时我们就离开他的管辖区了。他大可留着他这片酸溜溜的森林。我们去的地方他休想奈何我们。我们要去他闻所未闻的大森林。最棒的就是，我又是一个人了。带着俩门徒，没错，但还算是一个人。彻底孤独。像驼鹿。像我父亲。

我一边走一边想着两件事。

第一件事就是我不喜欢人类。根深蒂固。但我开始认识到，我必须足够宽容地承认，这只是基于我对周围人的认识，即挪威人，或像大家俗称的那样——北方人。我因为他们得出了比较激进的结论。这自然是不够的。我必须见见其他人。我必须足够开放，接受在别处存在代表其他可能性的智慧生命。我要流浪直至遭遇别人。或者直至我获得确凿的证据认为他们根本不存在。

第二件事就是这是一场战役。我们要上战场。老躲在安全的挪威森林不成。我已经和我的父亲做了了断，必须抬起头向前看，如果我不想在自己的空虚中毁灭的话。在这个国家之外还有我不认识的一整个世界。它需要帮助。它需要我这样的猎人采摘者的帮助，实话实说吧，需要大屌多普勒。还有像邦果这样的驼鹿。或者还有像格雷古斯这样的小男孩。待在挪威是无法得到一幅全景图的，我想。挪威银行里存了万亿克朗。这个数字听上去就像一场游戏。听上去人们想用这个数字描述“许多”这个概念。但这是个实数。挪威就是有万亿克朗。石油为我们挣了这么多钱。每次世界争端把油价哄抬上天的时候我们就撒一把网。作为人类我们其实一无是处。谁又能拥有海底的石油及河流中的水力？要是人处在这个角落，他就会这么自问。到底有什么是可以用来买卖的呢？对真实世界而言挪威毫无意义。我们还正打算离它越远越好。这想法真聪明，我想，但他妈又怎么样？只要想法有用就随它去吧。

我们这个小旅行团正在离开挪威进入其余的世界。我们朝东走。我们要狩猎并采摘别的人类。他们或许比住在这里的人强，或许未必。到时候就知道了。

这就是战场。我们是士兵，必须战斗到最后一个人倒下。

打倒聪明。打倒愚蠢。

因为战争就在门外。

这就是战争。

本书翻译资金由 NORLA 机构资助
This translation has been published with the financial support of NORLA

图书在版编目（CIP）数据

我不喜欢人类，我想住进森林 /（挪）阿澜·卢著；宁蒙译．—成都：四川文艺出版社，2020.1（2024.5 重印）
ISBN 978-7-5411-5539-0

Ⅰ．①我… Ⅱ．①阿… ②宁… Ⅲ．①长篇小说—挪威—现代 Ⅳ．① I533.45

中国版本图书馆 CIP 数据核字（2019）第 229300 号

WO BUXIHUAN RENLEI WO XIANG ZHUJIN SENLIN

我不喜欢人类，我想住进森林

［挪威］阿澜·卢 著　宁蒙 译

出 品 人　冯　静
策划出品　磨铁图书
责任编辑　王梓画
装帧设计　TOPIC DESIGN
责任校对　段　敏

出版发行　四川文艺出版社（成都市锦江区三色路 238 号）
网　　址　www.scwys.com
电　　话　028-86361781（编辑部）
印　　刷　三河市中晟雅豪印务有限公司
成品尺寸　140mm × 200mm　　开　　本　32 开
印　　张　5.5　　字　　数　105 千
版　　次　2020 年 1 月第一版　　印　　次　2024 年 5 月第四次印刷
书　　号　ISBN 978-7-5411-5539-0
定　　价　49.80 元